위장된 3차 대전과 잃어버린 청춘의 녹슨 파편

나, 살아남은 자의 증언

김정옥 지음

이 도서의 국립중앙도서관 출판예정도서목록(CIP)은 서지정보유통지원시스템 홈페이지(http://seoji.nl.go.kr)와 국가자료공동목록시스템(http://www.nl.go.kr/kolisnet)에서 이용하실 수 있습니다. (CIP제어번호: CIP2020023788)

나, 살아남은 자의 증언

위장된 3차 대전과 잃어버린 청춘의 녹슨 파편

지은이 / 김정옥
펴낸이 / 조유현
편 집 / 이부섭
디자인 / 박민희
펴낸곳 / 늘봄

등록번호 / 제300-1996-106호 1996년 8월 8일
주소 / 서울시 종로구 동숭4길 9 (동숭동 19-2)
전화 / 02)743-7784 팩스 / 02)743-7078

초판 발행 / 2020년 6 월 25일
초판 3 쇄 / 2022년 11월 20일

ISBN 978-89-6555-088-4 03810

※ 값은 표지에 있습니다.

나, 살아남은 자의 증언

위장된 3차 대전과
잃어버린 청춘의 녹슨 파편

김정옥 지음

늘봄

일러두기

- 이 책은 지은이의 실제 경험을 바탕으로 한국전쟁을 재구성한 것으로 서문에서 밝혔듯이 큰 틀에서는 소설이지만 자서전 혹은 회고록으로 읽어도 무방하다.
- 등장인물은 모두 실존했던 인물들이며, 가명을 쓴 것도 있다.
- 단편소설 · 시 · 영화 · 연극 등 작품 제목은 「 」으로, 단행본 · 잡지 등 책 제목은 『 』으로, 강조 및 혼잣말은 ' '으로, 직접 인용 및 대화는 " "으로 표기했다.

차 례

프롤로그 / 나, 살아남은 자의 사설 8

서문 / 어느 수정주의자를 위한 변명과 주장 12

1장 대동아전쟁과 해방

1. 소학교에서 중학교로 18
2. 1945년 8월 15일 23
3. 신탁통치와 반탁 26
4. 구맥회 34

2장 이름 없는 계절

1. 민주주의 민족전선 44
2. 38선과 엑소더스 52
3. 돌체 다방과 신문 학원 70

詩 / 통행금지 5분 전을 74

3장 나는 아저씨 편이여!

1. 6·25 전쟁의 서막 76
2. 투쟁 경력과 자기비판 87
3. 자전거 도둑 91
4. 치명적 오판 97
5. 그들의 연극적 대화 Ⅰ : 스탈린과 비신스키 102

4장 인민군의 패주와 노을 진 서해

1. 도시를 탈출, 산으로 110
詩 / 누구여 117
2. 서울로 가는 길, 네다바이를 만나다 120
3. 그들의 연극적 대화 II : 김일성과 박헌영 136

5장 중공군의 참전과 1 · 4 후퇴

1. 노병은 죽지 않는다 144
2. 임진강 방어선 149
詩 / 임진강 163
3. 1 · 4 후퇴와 금지된 장난 164

6장 사라져간 청춘이여 안녕

1. 구맥의 파편 178
2. 전시연합대학과 부산 캠퍼스 182
3. 구도 동인과 영도 동인 187
4. 대학로 캠퍼스와 휴전 협정 191
5. 파리 유학 194
詩 / 부근 207

7장 **에필로그**

1. 귀국하는 극동 항로 ······ 210
2. 녹슨 전쟁의 파편 ······ 214
3. 그들의 연극적 대화 Ⅲ : 아이크와 맥아더 ······ 221

8장 **침묵과 증언, 아니면 고백의 사이**

1. 바람결 타고 흘러온 얘기 ······ 226
2. 허무한 다도해의 낭만 ······ 229
3. 인민군에서 '켈로' 부대로 ······ 239
4. 도강파와 잔류파 ······ 251
5. 구사일생 ······ 261

후기 / **생각으로 끝나는 생각** ······ 270

후기를 쓴 다음 / **살아남은 자의 슬픔과 분노** ······ 278

프롤로그

나, 살아남은 자의 사설

2차 대전과 한국전쟁을 겪으면서 많은 주변 친지들이 유명(幽明)을 달리했다. 2차 대전 때에는 한반도는 전쟁터가 아니어서 간접 체험을 했다면, 한국전쟁은 한반도가 전쟁터였고 중학 6년제를 졸업하고 대학에 막 들어간 연령이어서 직접 체험을 했다고 할 수 있다.

전쟁의 와중에 억울하게 유명을 달리한 선배나 친구들은 전쟁터에서 군인으로서 목숨을 잃은 사람도 적지 않았으나 병사가 아닌 민간인으로서 좌우의 이념 갈등으로 희생된 사

No.

람도 적지 않았다. 전쟁의 혼란과 동족상잔의 와중에서 나는 어떻게 살아남았는가.

독일 극작가 베르톨트 브레히트의 시(詩) 중에 「살아남은 자의 슬픔」이 있다. '살아남은 자의 슬픔'은 번역자가 붙인 제목이고 원제목은 「나, 살아남은 자」이다. 나는 이제 만 88세가 되었다. 나는 살아남았다기보다도 살아남아서 처진 낙오자(落伍者)라는 생각이 든다. 전쟁의 파편이 되어 녹슬어 가고 있다는 느낌이다.

'살아남은 자'의 감회(感懷)는 단순히 슬프다는 어휘로 표현되기 힘들다. 슬픔과 분노, 찌꺼기가 되어 살아남은 것 같은 허전함과 억울함, 찜찜함…. 물론 나는 브레히트 시의 한 구절처럼 "운이 좋아서" 살아남았는지 모른다. 운이 좋아서라면 억세게 운이 좋아서 살아남았지만 그보다도 나는 이것도 저것도 아닌 회색분자(灰色分子)였기 때문에 살아남았는지 모른다. 동족상잔의 가혹한 이념 갈등 속에서 회색분자도 양쪽에서 가차 없이 처형되고 숙청되는 경우가 적지 않았다. 그러니까 나는 본색(本色)을 드러내지 않는 위장된 회색분자라서 살아남았는지 모른다.

하여튼 나는 살아남았다. 그래서 억울하게 죽어간 친구들, 그들을 위해 뭔가 고백하고 증언하고 뭔가 진혼(鎭魂)하는 굿판을 벌이고 싶었다. 그래서 나는 연극을 했는지도 모른다. 그러나 이번에는 연극을 하지 않는다. 극작이나 연출을 하지 않고 책을 쓰기로 했다. '살아남은 자'로서 반세기 넘게 구상해왔던, 아니면 숨겨왔던 이야기를 그들을 위한 증언 또는 진혼의 사설로 삼으려 한다.

솔직하게 회고록으로 쓰는 게 어떻겠냐는 충고도 있었지만 역시 '위장자'의 버릇이랄까, 그래서 건방진 문학소년 시절의 호(号) 석두(夕杜, 신석정과 두보에서 한 글자씩 따왔다)라는 인물이 이야기하는 형식의 '사소설(私小說)적 소설' 또는 '연극적(演劇的) 소설'로 꾸며보려 한 것이다.

2020년 2월 11일

얼굴박물관에서

구맥회의 석두를 추억하며

서문

어느 수정주의자를 위한 변명과 주장

회고록을 쓸 생각은 아니었지만 써 놓고 보니 1940년에서 1950년대 이르는 20년, 그러니까 석두(夕杜)가 10대에서 20대 후반에 이르는 시기, 전쟁의 광기와 사회적 대립과 갈등의 격변기를 겪으면서 그래도 살아남은 한 문학청년의 회고록 같은 성격이 없지 않다.

석두는 주관적이라기보다는 가능한 한 객관적으로 자신을 조명하려 했다. 석두는 때로는 좌파인 것 같고 때로는 우파인 것 같다. 그러나 석두는 좌파도 아니고 우파도 아니다. 좌와 우에 양다리 걸친 사이비라고 할까, 좌우와 보수와 진보의 이념적 갈등 속에서 언제나 반동분자요, 수정주의자였다고 볼 수 있다.

지난 시대에 수정주의자는 반동분자요, 좌우 양 진영의 숙청 대상이었다. 그래서 석두는 위장자가 되어 어렵사리 살아남았다고 할 수 있다. 반평생을 위장자, 수정주의자로 살아남았으니 할 말이 없다. 공산주의는 소멸했고, 시대착오적 프롤레타리아 독재 정권이 지구상에 국가사회주의라는 가면을 쓰고 때로 얼굴을 내민다.

반동분자로 규탄받고 숙청되던 수정주의자가 창조적 힘을 발휘할 때다. 석두는 생각했다. 오늘의 러시아가 건재한 것은 고르바초프라는 수정주의자가 있었기 때문이요, 오늘의 중국이 경제적 번영을 이루고 살아남은 것은 등소평(鄧小平)이라는 수정주의자가 있었기 때문이라고 생각했다.

민주주의는 지켜야 할 절대적 가치이지만 자본주의나 사회주의는 국민이 되었건 인민이 되었건 그 시대의 백성들을 위해 끊임없이 수정되어 나가야 한다. 낡아 가는 이념의 포로가 되지 않고 수정사회주의, 수정자본주의의 길로 나아가야 한다고 석두는 생각했다.

20세기와 21세기에 걸친 위장된 3차 대전이 아직도 끝나지 않은 시점에서 온 국민의 통일에의 염원은 간절하지만, 흡수 통일이나 전쟁을 통한 통일을 꿈꾸어서는 안 된다. 성급한 바람은 21세기에 또 다른 6 · 25의 비극을, 한반도의 비극을 가져올지 모른다.

우리는 기다려야 한다. 북반부 정권에 민주주의를 신봉하고 수정사회주의를 실천하는 지도자가 나오고, 대한민국에 국민을 위해서는 수정자본주의를 서슴지 않고 선거 공약도 과감하게 수정해나갈 수 있는 대통령이 나올 때 자연스럽게 통일의 기운이 싹틀 것이라고 석두는 주장하고 싶었다.

석두는 좌파도 우파도 아니다. 수정주의자, 시대의 물결에 순응하는 수정주의자라고 스스로 생각하고 싶었다. 자본주의와 사회주의는 나라의 경제 정책의 하나의 원론(原論)이랄까 밑그림이다. 나라와 시대에 따라서 나라 살림을 제대로 꾸려가기 위해서 서로 수정되고 쌍방의 장점을 수용하면 된다.

자본주의와 사회주의는 대립하는 이론이 아니라 서로 접근하고 서로 수용해야 한다. 말하자면 탈이념(脫理念)의 수정주의의 시대가 온 것이다. 수정주의자를 북한에서는 반동분자로 몰고 남한에서는 친공분자로 몰던 시대는 끝맺음을 해야 한다. 서로 다른 중도 정치의 노선을 남과 북이 서로 수용할 때 통일의 꿈은 언젠가 이루어질 수 있다고 수정주의자 석두는 생각했다.

2020년 4월

얼굴박물관 작업실에서

小石 金正鈺

김정옥

No. 1장

대동아전쟁과 해방

대학 입시가 내년 3월, 목전에 다가왔다. 그러니 반탁 학생도 그렇지 않은 학생도 급해졌다. 정치적 관심은 뒷전으로 가고 입학시험에 몰두하고 있었다. 신탁통치를 둘러싼 반목(反目)도 휴전에 들어간 듯했다. 그러나 3조의 장태규, 2조의 소민, 걸탄, 서홍 그리고 석두 다섯 명은 그러한 가열된 입시 준비의 분위기에 따르지 않고 전남여중(全南女中)의 5학년 여학생 4명 정호, 최은례, 양옥주, 손영희 등과 어울려서 일제시대 이태준, 정지용, 이무용, 김기림 등이 중심이 된 구인회(九人會)를 본떠서 구맥회(九麥會)를 만들어 자주 만났다. (본문 중에서)

1980년 무렵의 필자

1. 소학교에서 중학교로

나, 석두(夕杜)는 일제시대에 태어나 의사로서 공의(公醫)였던 부친을 따라 전라남도 영암군 독천소학교에 입학했다가 2학년 때 해남군 송지면 산정소학교에, 다시 4학년 때 나주군 남평소학교로 전학했다. 1944년 남평소학교를 졸업, 같은 해 4월에 광주서중학교에 입학했다. 일제시대 때 부친이 개업의이자 공의였던 석두는 꽤 부유한 집에서 자라났다고 할 수 있다. 영암의 독천소학교 때는 집에 오토바이가 있었다. 송지면의 산정소학교 때는 어느 날 부친이 네모진 포드 자동차를 몰고 왔다. 남평소학교 때는 포드 자동차 말고 영국 차를 한 대 더 사 와서 집에 두 대의 자가용이 있을 때도 있었다. 일제 말기 전시에 자가용이 있었다면 꽤 부자였다고 할 수 있는데,

실제로는 그렇게 대단한 부자가 아니고 부친이 있는 대로 돈을 쓰는 소비형 타입이었는지 모른다. 하여튼 석두는 광주서중 입학식 때 모친과 함께 포드 자가용을 타고 나타나 주목을 받고 화제가 되기도 했다.

소학교 시절의 석두는 일본 말로 '겐카도리'였다. '싸움쟁이'라는 뜻이다. 소학교를 만 6세에 들어가 동급생들보다 한두 살 아래였으나 누구한테도 지지 않으려 하고 일본 소학생들과도 곧잘 싸웠다. 그래서 석두 모친은 그가 장차 군인이 되지 않을까 했다. 소학교 시절에는 '고쿠고죠요(國語常用)'라고 해서 학교에서는 일본 말만 해야 했다. 석두의 형은 석두보다 2학년 상급생이었는데 석두를 만나면 피해서 다녔었다. "형" 하고 달려가서 집에서처럼 우리말로 거침없이 떠들었기 때문에 벌을 받은 적이 있었기 때문이다. 그만큼 석두는 외향적이고 거침없는 성격이었다. 그러나 중학교에 들어간 석두는 달라졌다. 외향적인 성격에서 내성적인 성격으로 변한 것이다. 광주서중에는 한 학년에 3학급이 있었는데 한 학급이 60명, 석두는 2조였다. 그중에서 석두는 키의 순서대로 해서 44번, 그러니까 그만큼 어리고 왜소하기도 했지만, 180명의 한 학년에 100명 정도가 광주(光州)에 있는 서석(瑞石) 소학교 출신들이어서 시골에서 올라온 학생들은 기가 죽기

소학교 시절의 가족사진(1939년)

마련이었다. (일제시대에는 키가 가장 큰 학생이 1번이었다.) 그래서인지 모르지만 석두는 내성적인 얌전한 학생이 되었으며, 과외 활동도 별로 인기가 없어 지원자가 없는 원예반(園藝班)에 들어가 온실의 식물이나 꽃을 가꾸고 '쓰루미 유스케(鶴見佑輔)'라는 일본 작가의 대중소설을 탐독하기도 했다.

이른바 대동아전쟁(大東亞戰爭) 말기에 들어선 일본은 중학교 교육도 엄격한 전시 체제의 교육으로 전환하고 있었다. 군사 교육 시간이 늘어나고 중위 출신의 일본인 배속 장교와 일본군 상등병(上等兵) 출신의 조선인 조교가 설치는 판이었다.

어느 날 석두는 배속 장교로부터 뺨을 얻어맞았다. 석두는 어리둥절했다. 왜 뺨을 얻어맞았는지 몰랐기 때문이다. 배속 장교가 일본 말로 '차렷'하고 외쳤는데 긴장하지 않고 웃는 표정을 하고 있었다는 것이다. "웃지 않았습니다!" 하고 석두는 항변했으나 웃는 표정이라고 해서 뺨을 얻어맞은 것이다. 황국신민(皇國臣民) 되기 더럽게 어렵다는 생각이 들었다. 어느 날 역사 선생 '아루가'라는 일본인 선생이 "조선 반도는 어머니의 젖가슴을 닮았다. 일본의 규슈(九州)는 젖을 빠는 애와 같은 모습이다. 일본은 조선의 젖을 빨아 성장했다. 그러니 젖을 일본에 먹여 일본을 성장시킨 조선이 망하는 것은 당연한 자연의 생리다."라며 그럴싸하게 떠들어댔다.

일본이 조선의 젖을 먹고 성장했다고 말하는 것은 나쁘지 않지만 그러니 조선이 망하는 것은 당연하다니 배은망덕한 논법이다. 모두 침묵을 지켰다. 그러나 모두가 말할 수 없는 '반감'을 느끼는 것 같았다. '아루가' 선생은 오히려 조선의 소년들에게 반감을 품으라고 그런 말을 했는지 모른다. '아루가' 선생은 그의 진보적 성향 때문에 일본의 명문 중학교에서 광주서중에 좌천되어왔다는 소문이 있었다.

석두가 광주서중에 입학한 지 반년, 1학년 2학기가 되자 학교 교육은 전폐(全閉)되고 매일 같이 군사동원의 명목으로 송근 채취다, 비행장 건설이다 하는 노역에 동원되었다. 광주의 비행장 건설에는 아예 전교생이 합숙하고 노역(勞役)에 동원되었다. '중학생들의 노역으로 만들어진 비행장에서 전투기가 뜰 수 있을까? 송근(松根)에서 추출한 기름으로 전투기가 뜰 수 있을까?' 어지간히 패색이 짙어 가고 있구나 하는 막연한 생각을 하면서 그러나 교실에서의 공부에서 해방되어 합숙하고 노동을 하는 것이 오히려 자유를 만끽하는 느낌이 없지 않았다. 교관들도 학생들의 웬만한 탈선에는 눈을 감아주었다. 그래서 평소에는 부를 수 없었던 외설적인 일본 유행가를 소리 높여 합창하고 주간에 강요되었던 노역의 피로를 풀기도 했다.

2. 1945년 8월 15일

'1945년 8월 15일.'

8월은 평소 같으면 방학 기간이었다. 그러나 이른바 대동아전쟁의 말기, 그날도 군사동원 명목으로 전교생이 무등산으로 송근을 채취한다고 동원되었다. 송근에서 기름을 채취해 전투기를 띄운다니 꿈같은 얘기였지만 그때는 그러려니 생각하고 매일같이 군사동원으로 끌려다녔다. 중학교 2학년, 13세에서 15세의 소년들이 매일같이 비행장 건설이나 송근유 채취다 해서 고된 육체노동을 강요당하고 있었다.

그날 아침 석두는 무슨 바람이 불었는지 군사동원을 까먹기로 마음먹었다. 본능적인 반항심이 발동한 것일까? 석두는 그날 군사동원에 가지 않았다. 그러나 한편으로는 불안하기도 했다. 또 얻어맞거나 벌을 받지 않을까 겁이 났다. 기왕 벌을 받을 바에는 며칠간은 아프다는 핑계를 대고 농땡이를 부릴 결심을 했다. 그런데 뜻밖에 일이 일어났다. 점심 무렵에 군사동원에 갔던 친구들이 흩어져서 돌아왔다.

일본 천황이 라디오 방송으로 항복을 했다는 것이다. 울음 섞인 목소리로 무조건 항복을 했다는 것이다. 그래서 군사동원도 오전만 하고 해산했다는 것이다. 석두는 어리둥절했으나, 오늘따라 군사동원을 까먹은 것이 마치 선견지명이 있었던 것처럼 우쭐했다. 하루 이틀 지나면서 일본의 항복이 우리에겐 일본의 통치에서 해방되는 것을 의미한다는 것을 알게 되었다. 거리에는 만세 소리가 울려 퍼지고 일본인 교사들이 무릎을 꿇고 상급반 학생들에게 그동안의 잘못을 사죄했다는 소문이 들려왔다.

일본인 교사들이 떠나가고 광주서중(光州西中)은 한동안 공백 상태였다. 그러나 얼마지 않아 광주서중 · 광주고보(光州高普) 출신의 동문들 가운데 뛰어난 선배들이 자진해서 모교의 교사로 지원해왔다. 그들 대부분 일본의 명문대를 졸업한 뛰어난 인사들이었다. 경성제대(京城帝大)다, 동경제대, 구주제대, 고등사범 출신의 뛰어난 인재들이 모교의 교사로 자진해서 지원해온 것이다. 자진해서 찾아온 모교 출신의 교사들은 일본인 교사들보다 훨씬 질이 높은 수업을 모교의 후배들에게 시행했다. 해방의 감동과 그동안 생각지도 못했던 민주주의와 민족주의를 훌륭한 선배 교사들의 수업에서 체험하는 듯했다. 방과 후의 야구부, 정구부 등의 스포츠 활동도 활발했다.

꿈과 같던 광복(光復)의 감동적인 시기였다. 석두는 정구부와 문예반에 가입해서 열심히 뛰어다녔다.

3. 신탁통치와 반탁

그러나 해방된 꿈과 같은 감격의 시대는 그다지 길지 않았다. 그 내용이 뭔지도 잘 모르는 신탁통치 안이 어린 소년들에게도 분열과 대립의 암운(暗雲)을 드리웠다. 신탁통치를 반대하는 이른바 반탁학생연맹은 미 군정과 집권 정부와 손을 잡은 어용 단체였고, 신탁통치를 찬성하는 이른바 친탁파는 지하 조직으로 숨어들었다.

석두는 2학년 때 해방을 맞이했는데 혼란 속에 4학년이 되었다. 4학년은 입학 당시 그대로 해서 세 반이 있었는데 한 반은 역시 60명이었다. 60명 가운데 반탁 학생이 서너 명이고 친탁학생도 숨어서 노출되지 않아 정확히 알 수 없으나, 역시 서너 명으로 추측되었다. 광주고보와 서중 출신의 교사들은 정치에 가담하지 말라는 충고라고 할까, 학교 방침을 학생들에게 열심히 설득했다.

그러던 중 반탁 학생들이 반탁 운동의 정치 집회에 참가했고, 훈육 주임과 담임 선생님들은 정치 집회에 참가한 반탁 학생들을 불러서 호되게 나무라고 다시는 그런 일이 없도록 하라고 경고했다. 교사들은 정치판의 갈등과 대립에 끼어들어 예기치 않은 희생자가 나오지 않도록 신경을 쓴 것이다.

그런데 뜻밖에 일이 일어났다. 반탁 학생들을 불러서 나무란 훈육 주임과 교사들이 광주경찰서에 구속된 것이다. 순진한 학생들은 선생님들이 구속된 데 분개하여 광주경찰서에 달려가 데모를 했다. 구속된 교사들은 좌파로 지목되는 교사도 있었으나 우파로 지목되는 교사도 있었다. 그러니 우파도 좌파도 아닌 전교생이 궐기한 것이다. 당국은 반탁 학생들만 빼고 전교생들이 물들었다고 판단했고, 반탁 학생들은 클래스메이트가 아닌 경찰의 앞잡이가 되었다. 수상한 급우가 있으면 교내에서 끌고 가 체형을 가하기도 했다.

석두도 어느 날 불려갔다. 석두는 교내신문 「영회(永懷)」의 편집위원인데 '영회'라는 한자가 인쇄하면 잘 보이지 않으니 '우리 문원'으로 바꾸자고 해서 문예반 지도 교사였던 고재기(高在棋) 선생을 비롯한 세 분의 교사들 허락을 받고 바꾼 것인데 그것이 문제가 된 것이다.

이북의 정권과 좌파가 좋아한다는 이유로 '동무'라는 어휘는 일찌감치 사라졌지만 '우리'라는 어휘도 '동무'라는 어휘 다음으로 금단 시 된 것이다. 정말로 어이없다고 생각되었으나 "지도 교사들이 좋다고 하셨다."고 변명을 했다. 지도교사들과 대질했다. 학생이 교사와 급우(級友)의 조사관이 된 것이다.

고재기 선생을 뺀 문예반 다른 교사들은 '영회'를 '우리 문원'으로 바꾼다는 얘기를 듣지 못했다고 했다. 신변의 안전을 위해서인지, 아니면 어떤 사정이 있어서인지 모르나 두 명의 지도 교사는 거짓말을 한 것이다.

우리 선생님이 거짓말을 한다. 석두는 말할 수 없는 울분과 슬픔을 느꼈다. 문예반의 몇 명은 창고에 끌려가서 얻어맞고 나왔다. 그러나 석두는 얻어맞지 않았다. 조사관인 반탁 학생이 소학교 동창이었기 때문이었다. 불공평하다고 할 수 있지만 끌려가 얻어맞는 사람만 손해고 재수 없다고 생각해야 하는 그런 시대요, 분위기였다. 그러한 분위기 속에서 엄청난 사건이 발생했다. 일제시대에 건축된 광주서중의 목조 건물이 하룻밤 사이에 타버린 것이다. 이른바 '광주서중 교사 방화사건'이다.

목조 건물이니 실화(失火)일 수도 있고 방화(放火)일 수도 있지만 당국은 좌파 학생들의 방화로 단정하고 좌파로 지목되는 학생들을 잡아들였다. 석두의 학년에서도 몇 명 구속되고 형무소에 다녀왔다. 상식적으로 있을 수 없는 일이었다. 모교를 불 질러서 이득을 보는 사람은 아무도 없었다. 그런데 당국은 좌파 학생들이 방화를 했다고 해서 좌파 학생들을 잡아들였다. 그런 낌새를 느낀 일부 좌파 학생들은 등교하지 않고 도피했다.

김용구는 전국학생야구대회에서 우승한 광주서중 야구부의 유격수였다. 역시 야구부의 투수였던 김양중은 김용구와 같은 1조로 친한 사이였다. 그런데 김용구가 연습에 나오지 않고 도피했다. 김양중은 김용구가 빠진 팀으로는 다시 우승을 바라볼 수 없다고 생각해서 반탁 학생들과 교섭을 했다. 김용구가 연습에 참가하고 전국대회에 출전하는 동안은 구속하지 않는다는 보장을 해달라고 한 것이다. 반탁 학생의 급우(級友)인 친구들은 좋다고 했다. 그러나 김용구가 연습장에 나오자 그길로 구속되었다.

소년들의 우정은 여지없이 짓밟힌 것이다. 그들은 대부분 약식 재판으로 광주형무소의 죄수가 되었다. 그러나 불과 수개월 후에 석방되었다. 그들이 방화범인지 아닌지는 밝혀지지 않았지만 만약에 그 방화사건이 당국에 의해서 조작된 것이라면 그 방화를 조작한 사람의 의도와는 정반대의 결과를 가져왔다고 볼 수 있다. 많은 학생들이 막연히 당국에 반감을 갖게 된 것이다.

석두도 좌파의 독서회에 가담했다. 그러나 석두는 반년도 못가서 조직을 이탈해서 서울로 올라왔다. 순수한 독서회로 출발했던 모임이 어느새 남로당의 청년 조직으로 변모하고, 신빙성이 없는 내용의 전단과 포스터를 살포 내지는 부착하라는 지령이 내려오자 석두는 그 지령에 따르면 당장 잡혀갈 텐데 우리를 소모품으로 이용하려고 하는구나, 라는 생각을 했다. 석두는 어느 쪽의 소모품도 될 수 없다고 생각했다. 석두는 학교를 다니면서 조직에서 이탈하는 것은 불가능하다고 판단하고 마침 서울상대를 다니는 사촌 형님과 의과대학을 다닌 형님이 서울에 있었으므로 학교를 무단결석하고 서울로 올라온 것이다.

석두는 매일같이 소공동의 남대문도서관이나 국립도서관에 아침 일찍 줄을 서서 입장해서 도서관이 문을 닫는 밤 아홉 시까지 자리를 지키고 열심히 공부했다. 중학교를 졸업하기는 틀렸으니 대학에 들어가려면 검정시험에 합격해야 하고 그러기 위해서는 참고서를 열심히 읽고 혼자서 공부를 해야 한다.

석두는 서울에 올라와서 입정동(笠井洞)에서 네임 플레이트 공장을 하는 사촌 형님 집에 기숙하고 있었는데, 형수님은 매일같이 도서관에 출석하다시피 하며 공부하는 석두를 기특하게 생각해서 도시락을 귀찮다 하지 않고 두 개씩 싸주었다. 점심과 저녁을 도서관에서 먹고 밤 열 시에 돌아왔다. 1948년 당시의 국립도서관과 남대문도서관은 도서관 원래의 기능은 없고 고등고시나 각종 검정시험을 준비하는 사람들이 아침부터 저녁까지 독점하고 있었으므로 일반인의 열람은 불가능했다. 말하자면 책을 보고 혼자서 공부하는 고시학원과 같았다. 그래서 새벽부터 줄을 서지 않으면 입장하지 못했다. 어쩌다 늦잠을 자서 늦으면 석두는 도서관 출석을 단념하고 국도극장이나 단성사에 가서 악극이나 가극, 쇼 등을 구경했다. 석두는 광주서중 2학년과 3학년 때도 교칙을 어기고 자주 극장에 갔다. 극장은 현실과는 다른 또 하나의 황홀한 세계였다.

석두는 중학교 5학년 중 6개월 동안 말하자면 '도서관 독학 고시학원' 출석으로 검정시험에 합격하고 중앙대학교 국문과에 입학했다. 중앙대학교 국문과에 진학한 것은 일제시대 소학교 6년, 중학교 2년의 8년 교육에서 우리의 한글이나 문학에 대해서 아무것도 모르고 너무나 무지하다고 생각해서 국문과를 선택한 것이고, 중앙대학을 선택한 것은 중앙대학에 한국 시조 연구서적을 낸 신영철 교수가 있었고 시인 김기림 교수도 있었기 때문이다.

해방의 혼란기 속에서도 학구열에 불타는 젊은이들이 도서관에 들어가려고 줄을 섰고 원남동이나 인사동의 고서점에는 언제나 독서광들로 붐볐다. 우리말 서적은 거의 없었지만 일본인 교사나 교수들이 귀국하면서 두고 간 전문서적이 꽤 많았다.

석두는 중앙대학교 국문과의 강의를 열심히 듣고 부전공으로 영문과 강의를 들으면서 그런대로 대학 생활에 길들어 갔다. 중학생은 머리를 기를 수 없는데 대학생은 머리를 기를 수 있었다. 석두는 중학생과 대학생 이중 신분이라 머리를 기른 채 광주에 내려갔다. 루문동에서 본정통(本町通)으로 이어지는 길을 석두는 6개월간 기른 장발을 휘날리고 거들대며 올라갔다.

마침 훈육 주임인 김문상(金紋常) 선생이 자전거를 타고 본정통을 내려오다 장발을 하고 거들대며 올라오는 석두를 만났다. 김문상 선생은 문예반 지도 교사를 하신 적도 있고 해서 석두를 잘 알았다. 석두는 광주서중을 관두고 중앙대학 다니는 중이라고 했으나 김문상 선생은 석두를 막무가내로 이발관에 끌고 가서 머리를 깎게 했다. 이제 반년만 다니면 졸업인데 무슨 소리냐, 중앙대학에 적은 그냥 두더라도 광수 서중을 졸업하는 것은 대학 졸업하는 것보다 더 중요하다. 중학교 동창이나 동문이 사회생활에 얼마나 중요한지 모른다고 설득해서 석두의 머리를 깎게 하고 내일부터 당장 등교하라고 했다. 머리 깎은 사연을 석두로부터 자세히 들은 석두 어머니도 김문상 선생의 말씀이 옳다고 하면서 내일부터 당장 서중에 등교하라고 했다.

6개월이나 결석했다가 등교하는 것이 껄끄러웠으나 급우들은 반가워했다. 왜 그동안 장기 결석했냐고 아무도 묻지 않았다. 세상이 하도 시끄러우니 무슨 일이 있었는지 서로 묻지 않는 것이다. 혼란기였지만 그 대신 관대했다. 장기 결석을 하고도 졸업을 할 수 있었으니, 혼란기에만 있을 수 있는 일이었다.

4. 구맥회*

1949년 6학년 2학기의 교실 분위기는 5학년 때의 분위기와는 사뭇 달랐다. 그것도 그럴 것이 인생의 중요한 전환점이라 할 수 있는 대학 입시가 내년 3월, 목전에 다가왔다. 그러니 반탁 학생도 그렇지 않은 학생도 급해졌다. 정치적 관심은 뒷전으로 가고 입학시험에 몰두하고 있었다. 신탁통치를 둘러싼 반목(反目)도 휴전에 들어간 듯했다. 그러나 3조의 장태규, 2조의 소민, 걸탄, 서홍 그리고 석두 다섯 명은 그러한 가열된 입시 준비의 분위기에 따르지 않고 전남여중(全南女中)의 5학년 여학생 정호, 최은례, 양옥주, 손영희 등 네 명과 어울려서 일제시대 이태준, 정지용, 이무용, 김기림 등이 중심

* 구맥회(九麥會)는 보리(麥)처럼 수수하고 강인하자는 뜻으로 작명했다.

이 된 구인회(九人會)를 본떠서 구맥회(九麥會)를 만들어 자주 만났다. 입학시험 준비를 열심히 하는 급우(級友)들의 눈에는 거슬릴 수밖에 없었다.

6학년 졸업의 마지막 학기에 6학년 전원이 여수로 해서 소록도로 돌아오는 수학여행을 갔다. 그때는 여순반란사건 직후라 여수의 중심부는 많이 파괴되어 폐허에 가까웠고, 그 상처 입은 거리에 바라크(baraque, 막사) 가건물이 드문드문 서 있었다. 그 바라크 중 한 건물이 다방이었다. 반란 사건의 전투 현장, 폐허에 세워진 이른바 '하꼬방'의 가건물인 다방은 쓸쓸해 보였지만 낭만적으로 느껴졌다.

석두는 구맥회 친구들과 어울려서 아직도 반란 사건의 상처가 아물지 않은 거리를 걷고 있었다. 그리고 자연스럽게 그들은 그 '하꼬방'의 다방에 들어갔다. 다방에는 한 여인이 앉아 있었다. 다른 손님은 눈에 띄지 않았다. 석두는 그 여인을 '레지'로 착각했다. 그 시대에는 다방의 여종업원을 '레지'라고 불렀다. 아마 '레이디'라는 영어에서 유래했는지 모르지만 '레지'라고 했다.

"저…, 우리 차 좀 주시겠어요?"

석두가 여인에게 말을 걸었다.

"나도 여기 손님인데요."

한국전쟁이 발발한 이듬해인 1951년 구맥회 회원 중에서 죽거나 실종된 세 사람을 빼고 살아남은 친구들. 왼쪽 뒤부터 시계방향으로 필자, 김호종, 문숙영, 장태규, 정시년. 생존자 중 한 명은 사진에서 빠졌다. 아홉 명의 회원 중 자신들만 살아남았다는 자책 등이 겹쳐 '구맥의 파편'이란 문구가 선명하다.

석두는 다방 손님을 레지로 착각한 것이다.

"죄송합니다…."

석두는 당황했다.

그러나 여인이 미소를 지으며

"괜찮아요. 레지는 곧 나올 거예요. 학생들은 다방에 처음 와 본 모양이지…."

"네. 저희들은 졸업반 수학여행 왔다가 처음 왔습니다."

장태규가 마치 잘못을 저지르다가 훈육 주임한테 들킨 듯이 변명 조로 말했다.

"그런 줄 알았어요. 같이 앉아도 돼요?"

여인은 자리를 옮겨 앉았다.

여인은 여수여고의 박금옥(朴金玉) 교사였다. 석두는 박 선생님이 보통 똑똑한 선생님이 아니라는 생각이 들었다. 모두가 박 선생의 이런저런 이야기에 귀를 기울였다.

"여수에 왔으면 오동도에 가서 동백꽃도 보고 바다에 떠오르는 햇님도 봐야지요."

박금옥 선생은 내일 아침 일찍 만나서 여수의 명승지 오동도를 안내해주겠다고 했다. 모두 찬성하고 박금옥 선생에게 감사하다는 경의를 표했다.

숙소에 돌아오자 인솔 교사에게 내일 새벽 오동도에 갔다 오겠다고 보고하고 허락를 맡았다. 박금옥 선생이 안내해준 오동도는 인상적이었다. 석두는 우리끼리만 여기 와서 급우들에게 미안하다는 생각이 들었다. 여수에 왔으면 모두 함께 오동도에 와서 해 뜨는 것을 봐야 하는 건데…. 그러나 숙소에 돌아와 보니 모두 떠나고 아무도 없다.

부랴부랴 부두에 달려갔는데 고흥 녹동행 배는 10분 전에 떠났다고 했다. 다음 배는 2시간 후라고 했다. 인솔 교사에게 말씀드렸고, 돌아오라는 시각에 늦지 않았는데 우리를 떨어트리고 가시다니 섭섭하고 실망스러웠다. 그러나 어쩔 수 없었다. 구맥회 5인조는 마치 낙오병처럼 기가 죽어서 고흥의 녹동항에 뒤늦게 도착했다. 다행히 소록도로는 아직 떠나지 않고 숙소에서 방을 배정받고 쉬고 있었다.

구맥회 5인조를 맞이하는 급우(級友)들의 시선이 차가웠다. 나중에 들은 얘기지만 30분 정도는 기다릴 여유가 있었는데 대부분의 학생들이 "지들이 뭔데 개별 행동이야. 문학 한답시고 멋대로야. 그 애들을 기다릴 것 없어요. 빨리 출발해요." 하고 떠드는 바람에 출항 예정 시간 30분 전에 떠났다는 것이다. 그 과정에서 인솔 교사인 박 선생은 아무 말도 없었다는 것이다. 인솔 교사에게 따지러 가자는 의견도 있었으나 그냥 참았다. 그냥 그런 것이지 뭐….

여수에서의 박금옥 선생과의 만남이 인연이 되어 구맥회

동인들은 광주에 올라오는 박금옥 선생을 자주 만났다. 박금옥 선생은 구맥회 동인들을 만날 때는 혼자 오지 않고 순천여고의 여자 교사 손 선생과 같이 오셨다. 박금옥 선생은 몸매는 크지 않지만 전남이 고향인 야무져 보이는 여선생님이라면 손 선생은 서울에서 내려온 큰 키의 외향적 여선생님이었다. 박금옥 선생이나 손 선생이나 문학이나 예술에 관심이 많은 그러니까 문학소녀 시절이 있었던 20대 후반의 미혼의 여선생님이었다고 할까…. 그래서 구맥회의 청년이나 처녀라고 하기에는 아직 좀 어린 그러나 소년과 소녀라고 하기에는 좀 성숙한 동인들의 꿈을 응원해주고 싶은 그런 심정이었는지 모른다.

"너희들의 꿈은 아름답고 순수하지만 머지않아 사회에 나가면 그때는 깨지고 말 거야. 너희들 꿈이 깨지지 않았으면 좋겠다."

손 선생은 왜 서울에서 시골로 내려와 순천여고 교편을 잡으신 걸까? 성격이 무척 쾌활하고 외향적이며, 승마를 즐긴다는 손 선생도 그 쾌활하고 명랑한 외향과는 달리 슬픈 사연이 있어 낙향했는지도 모른다는 생각을 석두는 했다. 하여튼 박금옥 선생과 손 선생은 고분고분 순종하는 한국의 여인상은 아니었다. 성격이 강해 보통 남자들은 쉽게 접근하지 못

순천여고 손 선생님(앞줄 왼쪽)과 구맥회(1949년 광주 무등산 기슭에서)

하니까 두 여인은 한반도 남단의 여수와 순천, 바로 여순반란사건이 있었던 시골 여고의 교편을 잡고 있는 것이 아닐까…. 여순반란사건 때는 아무 일 없었을까…. 석두는 불쑥 질문을 했다.

"어두운 영화관에서 옆에 앉은 낯선 남자가 선생님의 손을 슬그머니 잡으면 어떻게 하시겠어요?”

그러자 박금옥 선생님 즉각 답했다.

“이 손 누구 손이요? 라고 외치고 손을 번쩍 들지.”

석두는 통쾌한 답변이라고 생각했다. 그러나 1940년대 그 당시의 대부분의 한국 여성들에게는 그런 용기가 있을 것 같지 않았다. 손 선생은 답변은 하지 않고 미소만 짓고 있었다. 그리고 손 선생은 “너희들의 아름다운 꿈도 졸업하면 결국 다 끝날 거야.”라고 얘기했다. 손 선생의 얘기를 들은 뒤 구맥회의 어린 동인들도 나름대로 고민하기 시작했다. 우리의 모임이 깨지지 않고 살아남기 위해서는 우리끼리 짝을 맞춰 결혼해야 하는 것은 아닐까 하고.

하여튼 우리들의 모임은 깨지지 않고 살아남아야 하고 한국 문단을 주름잡고 있는 구인회 못지않게 구맥회가 큰 열매를 맺고 큰 발자취를 남겨야 한다고 기염을 토했다. 사실 구맥회의 젊은 동인들은 문학을 한다고 허풍만 떤 것은 아니었다. 학생 문예지나 교내신문에 시나 수필을 발표할 뿐 아니라 동인지 발간 계획도 세웠다. 동인지는 인쇄할 능력이 없어서 아홉 명이 돌려가며 자기 작품을 필사하는 필사본 동인지를 추진했다.

구맥회의 꿈, 그리고 임박한 졸업과 앞으로의 진로 등을 생각하면서 불안하고 바쁜 매일을 모두가 보내고 있었다. 특히 꿈과 애정이 깃든 구맥회의 모임이 대학 진학과 사회 진출 후 산산조각이 나지 않을까, 뿔뿔이 헤어지게 되지 않을까, 불안해했다. 그러나 그 불안이 1949년의 것이었다면, 1950년에는 그들 자신의 환경 변화나 사정에 의해서 보다는 한반도에 몰아친 엄청난 폭풍에 의해서 산산조각이 날 줄은 몰랐다.

석두는 1950년 봄 광주서중 6년제를 졸업하고 동시에 중앙대학교 국문과 2학년에 등록했다.

No. 2장

이름 없는 계절

석두는 그러한 것이 불만이었다. 어떤 정치이념이나 사상을 반대하는 반공법을 만들 것이 아니라 민주주의를 더 옹호하고 자본주의와 공산주의의 본질을 비교해서 자본주의적 경제체제와 민주주의적 정치체제의 우월성을 내세우고 우리나라가 미국과 같은 경제구조와 정치체제를 선택할 수밖에 없다는 것을 홍보하고 설득하는 노력이 더 있어야 했다. (본문 중에서)

경기도 광주 이석리 시골집에서 부인과 함께
(1976년, 사진 이은주)

1. 민주주의 민족전선

1950년 5월 총선거가 있었다. 그때 그 무렵, 그러니까 1950년 4월 아홉 명의 구맥회 동인 가운데 세 명(석두와 서홍[瑞紅], 그리고 신태호)만이 서울에 올라와 대학에 다니고 있었다. 신태호는 서울대 문리대 정치과 신입생으로 바빴고, 그러니 자연히 석두와 서홍 두 사람만이 자주 만났다. 두 시골 문학청년도 북조선 인민군의 남한 침공 그것도 단시일 내에 38선을 넘어오리라는 것을 거의 확신하고 있었다. 그때로써는 꽤 귀한 사치품이었던 제니스 라디오의 FM 전파를 통해 들을 수 있었던 이북 방송이 심상치 않았다. 민전(民戰)의 노래와 조국통일 행진곡이 매일같이 흘러나왔고, 내일이라도 쳐내려올 분위기였다.

석두는 그동안 서울에 올라오면 상과대학을 다니면서 네임플레이트 공장을 경영하고 있던 사촌 형님의 입정동 집에 기숙했으나, 1949년 가을 의과대학을 다닌 친형님이 어머니의 숙명여고 클래스메이트의 딸과 결혼하고 삼선교 근처에 집을 마련하고 신혼살림을 차렸으므로 석두도 거기에 옮겨 기숙하게 되었다. 그래서 석두는 서홍과 같이 성북구의 선거 연설에 가봤다. 성북구에는 이승만계의 조병옥(趙炳玉)과 김구계의 조소앙이 치열한 경합을 하고 있었다.

조소앙(趙素昻)의 선거 연설에 석두를 놀라게 하는 내용이 있었다. 조소앙은 김구(金九) 선생을 모시고 평양 다녀온 얘기를 하면서 북한이 엄청난 군비를 소련으로부터 받고 있으며, 북한 전체가 병영화하고 있다고 해도 과언 아닐 정도로 전쟁 준비를 하고 있다는 점, 거기에 우리가 대비하지 않으면 안 된다는 것을 강조했다. 석두와 서홍의 판단을 뒷받침해주는 정보를 조소앙은 선거 연설에서 웅변적으로 말해준 것이다.

1950년 5월 총선거는 이승만(李承晩) 지지 세력과 반이승만 세력의 싸움이었다고 해도 과언이 아닌데, 이승만 세력의 참패였다고 할 수 있다. 그 당시의 헌법에는 대통령도 국회에서 선출하는 간접선거였으므로 정권 교체도 머지않아 이루어질 수 있다고 볼 수 있었다. 반공을 국시로 삼고 북진통일을 정책으로 내세우는 이승만의 몰락은 한반도에 평화적 통일 정부가 수립될 수 있는, 그러니까 북한으로서는 희망적 정국이라고 할 수 있었다. 그런데 평화통일을 내세우고 남북 사회단체의 평화회의를 제의하고 있는 북한 정권이 전쟁 준비에 광분하고 있다니 납득할 수 없는 일이었다.

석두는 북한 정권이 위장 전술을 쓰고 있다고 막연히 생각했다. 그들은 침공을 준비하면서 평화통일을 내세우고 민주주의와 민족을 내세우는데 남쪽의 대한민국은 반공과 북진통일을 내세우니 뭔가 거꾸로 되었다는 생각이 들었다. 북한 정권의 주장은 철저히 위장 전술이라면 남한 정권은 너무나 속마음을 드러낸, 그러니까 정직하고 순진한 구호를 외치고 있다고 생각되었다. 2차 대전 직후 얼마 되지 않는 당시의 지성인들은 전쟁을 일으키려는 세력을 악으로 생각했다. 실질적으로 전쟁을 준비하고 있는 것은 북쪽이고 전쟁에 대비해서 아무런 준비가 없는 것은 남쪽인데, 프랑스의 장 폴 사르트르를 위시한 세계의 지성들은 남쪽 정부가 전쟁을 준비하고 도발하고 있다고 착각했다. 남한은 군사력에서 형편없이 뒤처져 있었다. 석두와 서홍의 생각에는 아주 심각한 위기 국면이었다. 그런데 우리를 지켜주어야 할 미국은 대한민국이 미국의 방어선 밖에 있다, 언제든지 포기하겠다는 식의 발표를 국무장관 마샬이나 애치슨의 입을 통해서 신문에 흘려보내니 뭔가 터지고 말겠다는 느낌을 갖지 않을 수 없었다. 미국이 대한민국과 이승만 정권을 포기하고 북조선의 인민군이 남반부를 점령하면 적화통일이 될 거라는 시나리오가 곧 현실화될 것 같이 느껴졌다.

두 시골 청년, 청년이라고 하기에는 좀 어려 보이고 소년이라고 하기에는 걸맞지 않은 그런 시골 머슴아들이 삼선교 석두의 방에 앉아서 진지하게 세계정세를 논하고 자신들의 장래를 걱정하고 있었다. 김석두(金夕杜), 그는 스물이었는데, 만으로는 십구 세밖에 되지 않았지만 중앙대학 국문과 2학년이었고, 정서홍(鄭瑞紅)은 스물하나 만 이십 세였지만 이제 고려대 1학년 신입생이었다. 서홍은 고려대 철학과에 진학했는데 석두는 5학년 때 검정고시에 합격해서 중앙대 국문과에 들어간 것이다. 그들은 말하자면 설익은 문학청년이었다. 두 사람 말고도 서너 명이 더 어울려서 문학 동인을 만들어 어울려 다녔으며, 톨스토이의 『부활』이나 도스토예프스키의 『카라마조프의 형제』 같은 것을 일본어 번역판으로 읽는가 하면 보들레르나 랭보의 시집을 들고 다니며 건방을 떨었다.

석두가 중앙대 국문과에 들어간 것은 우리 문학을 알아야겠다는 생각에서였지만, 서홍이 고려대 철학과에 들어간 것은 문학을 하기 위해서는 철학을 공부해야 한다는 막연한 생각에서였다. 그러니까 그들은 철두철미한 문학청년이었다. 그런데 시대를 잘못 타고나서 시국을 논하고 불확실한 장래를 걱정하고 있는 것이다.

"아무래도 미국 놈들이 우리를 버릴 것 같아."

서홍이 심각한 표정으로 입을 열었다.

"미국 놈들이 우리를 버리고 떠나면 잘 된 거지. 미국 놈이건 소련 놈이건 다 떠나가야 해. 우리의 일은, 우리 민족의 일은 우리가 해결해야 해. 죽이 되든 밥이 되든 우리끼리 해결해야 한다고 생각해."

"우리끼리 해결한다고? 말이야 쉽지. 그렇게 되면 어떻게 되는데…. 공산주의가 이 땅에 들어서는 거야. 북조선의 인민군과 우리의 국방군은 그 전력이 비교가 안 된다고…. 그리고 소련은 완전철군했다고 하는데, 공산주의는 민족을 넘어서서 국제공산당이 있어. 중국을 봐라! 장개석(蔣介石)이가 아닌 모택동(毛澤東)이 대만으로 쫓겨났다고 해봐. 소련과 국제공산당이 가만히 있겠는가? 이미 승부가 끝난 거야. 중국 대륙이 공산화되어도 아무 소리 않고 있는 미국이 한반도가 적화통일이 된다고 해서 눈 하나 깜박하겠느냐고?"

서홍은 자신 있게 말했다.

"그래도 이승만 박사는 뭔가 믿는 게 있는 것 같은데."

"이 박사야, 반공통일, 북진통일을 외치지만 믿는 나무에

곰팡이 낀다고 미국의 강경파들이 오리발 내민다고. 덜레스 봐라. 38선을 시찰하고 아무 일 없을 거라고 하는데 그게 말이나 되니? 덜레스 말 믿었다가는 앉아서 당하는 거야. 너 같은 프티 부르주아는 제일 먼저 숙청 감이야. 보들레르나 랭보 같은 퇴폐적인 시나 읽고 앉아서 별수 있어?"

"야, 그래도 나는 너보다 나아. 우리 집은 의사니까 그래도 기술 노동자야. 너는 지주의 아들이니 꼼짝없이 당하는 거지."

"기술 노동자도 그 원래의 성분이 문제야. 너네 할아버지, 외할아버지 다 지주가 아니냐? 그보다도 네 자신이 문제야 퇴폐적 인텔리겐챠로 낙인이 찍힐 테니까."

석두는 한숨을 쉬었다.

"그래도 민족을 위해서 그럴 수밖에 없다면 수용을 해야지."

석두는 다시 한숨을 쉬었다. 서홍이 주머니에서 신문 한 장을 꺼내어 석두에게 보라고 내밀었다.

"이게 뭔데?"

"거기 신문 학원 광고가 있지? 그 신문 학원 시험을 치자!"

"신문 학원은 왜?"

"신문기자가 되는 거야. 공산화되었을 때 우리 같은 계급이 할 수 있는 유일한 직종이 신문기자일지도 몰라. 신문기자 또는 선동공작반, 무엇을 하더라도 신문기자 신분을 따놓으면 유리할 거야."

"신문 학원 응시 자격은 대학 2학년은 수료해야 해. 우리는 시험 칠 자격도 없다."

"내가 알아볼게. 수료증이야 못 만들겠니?"

서홍은 H대학 2학년 수료증을 구해올 테니 내일 당장 원서를 내놓고 보자고 했다. 내일 점심 때 오겠다며 통행금지 시간이 임박해서 돈암동 하숙집으로 돌아갔다.

석두는 통행금지 시간이 지나서도 금방 잠이 들지 않았다. 불안하다고 할까? 왠지 긴장이 되어서 잠이 오지 않았다.

서홍이 감명 깊게 읽었다며 불멸의 명저라 할 수 있으니 꼭 읽어 보라고 두고 간 니체의 『차라투스트라는 이렇게 말했다』를 읽기 시작했다. 무슨 말인지 잘 이해되지 않는 흐리멍덩한 문장이 마음에 들었다. 무슨 말인지 잘 이해되지 않는 구절은 일본어 번역이 나빠서 그렇다고 생각했다. 철학 서적이란 어렵지만 파고들면 논리적이고 체계적이어서 지루하지만 애매하고 흐리멍덩하지는 않다. 그런데 『차라투스트라는 이렇게 말했다』는 철학 서적 같지 않게 체계가 없고 단편적(斷片的)이라 생각되었다. 철학보다는 문학에 가까운 넋두리로 생각되었다. 그러나 "신이 죽었다는 소식은 전혀 듣지 못했단 말인가!"라는 구절은 충격적으로 받아들여졌다. 공감을 느낀다기보다는 무언가를 깨닫게 해주는 처절한 외침으로 느껴졌다.

우리 민족은 어느 날 아침 갑자기 해방(解放)되었다. 누구의 힘으로 무엇으로부터 해방되었는지도 모른 채 갑자기 해방되었다. 그래서 방향감각을 상실하고 허허벌판 광야에서 방황하고 있는 것이다. 믿을 사람은 아무도 없다. 신(神)은 죽었다는 소식도 모른 채 안이하고 막연한 기대와 저마다의 꿈을 안고 우왕좌왕하고 있는 것이다.

한반도는 운명의 땅이다. 시베리아의 광활한 대지를 서쪽에서 불어온 회오리바람과 파도치는 태평양을 건너온 바람, 이름 없는 바람, 해풍(海風)이 한반도에서 맞부딪쳐서 거대한 구름의 층을 형성해가고 있다. 그 구름은 아침 저녁의 햇살에 노을이 질 때면 황홀한 순간을 연출한다.

니체의 예언적인 문장 – 한 편의 연극이라면 주인공들은 따로 있고 우리는 코러스에 불과했다 – 이 무언가 우리 민족의, 우리의 고통을 예언해주고 있다는 생각이 들었다.

2. 38선과 엑소더스

이튿날 아침 늦게 일어났다. 그것도 무언가 음악 소리 같은 맑은 음성에 잠이 깼다. 여중 4년에 조기 졸업하고 부모의 권유로 시집간 정호가 찾아왔다. 구맥회(九麥會) 멤버였다.

정호는 불쑥 일본에 가려 한다고 했다. 그것도 혼자서 밀항을 한다는 것이었다.

"뭐 신혼의 재미는 어떻게 하고, 혼자서…. 말도 안 돼."

남편도 허락했다는 것이다. 남편의 집안에 친척 되는 사람들이 일본 고베에 많이 살고 있고, 애당초 결혼을 할 때 공부를 더 할 수 있게 도와주겠다고 했으니까 일본에 가서 공부를 더 하겠다는 것이다.

"남편은?"

남편도 다음에 일본에 건너와서 같이 살 거라는 것이다.

"정호(靜湖)가 일본으로 밀항을 한다…. 그렇게 달아날 이유라도 있어?"

정호가 어이없다는 표정으로 석두를 바라본다.

"달아나다니? 내가 왜 달아나니?"

"세상이 하도 뒤숭숭하고 불투명하니까…. 뭔가 터질 것 같아서 불안하니까…. 게다가 정호 시댁은 엄청난 부자니까…."

"불안해서 달아나는 게 아니라 하고 싶은 공부를 더 하겠다는 생각으로 일본행을 결심한 거야. 결혼하면 하고 싶은 일 포기하고, 공부도 포기하고, 가정에 들어가는데 나는 그 반대야. 그이도 나에게 약속했어. 내가 하고 싶은 일을 적극 도와주겠다고…."

"정호 신랑은 마음이 넓구나. 나는 또…. 요즘 돈 많은 사람들은 해외로 도피한다는 소문이 있어서…."

이유야 어떻든 모두 떠나간다는 생각이 들어서 석두는 쓸쓸한 생각이 들었다. 작년 늦가을에 월북한 세 친구와 헤어질 때도 쓸쓸했다. 그들의 선택이 결코 현명한 선택이라고 생각되지 않았다. 그들의 앞길이 몹시 걱정스럽다고 생각했지만 한편으로는 신념을 가지고 선택한 길을 가는 그들이 부럽기도 했다. 회색분자는 언제나 뒤에 처지고 떨어진다는, 그래서 외로울 수밖에 없다는 생각이 들었다.

석두는 여자 형제가 없었다. 그래서 문학 서클에서 만난 정호가 때로는 누이처럼 때로는 누나처럼 느껴졌다. 그녀가 갑자기 시집을 간다고 할 때도 착잡한 마음을 금할 수가 없었다.

"꿈과 이상을 가지고 모두들 떠나간다니 할 말이 없지만 어쩐지 모두들 정든 고향을 등지고 떠나가는 것 같은 생각이 든다."

정호는 말없이 석두를 쳐다봤다.

"정호는 일본 가려고 시집간 거로군."

"그건 아니지만 석두 씨 의견은 어때?"

"이미 다 결심하고 결정한 것 같은데 뭐…."

이럴 때 어떤 의견을 말해준다는 것은 무의미하다. 좋다, 나쁘다, 가라, 가지 마라, 하는데 판단이 서지 않았다. 다만 그런 문제가 제기되지 않았었다면 좋으련만….

정호가 밀항을 해서 일본을 간다는 것이 어쩐지 서운하고 가슴 아팠지만 어쩔 수 없다. 성공을 빌 수밖에….

작년에는 같은 학년의 친구들 셋(1조의 야구반이었던 김용구, 정영기, 이달재)이 찾아와서 좁은 하숙방에서 며칠을 묵고 갔다. 그들은 월북을 한다고 했다. 석두에게도 같이 가자고 했다. 원래 네 사람이 가게 되어 있었는데 한 사람이 못 가게 되었으니 네가 가도 티오가 맞는다는 것이다. 그러나 석두는 가지 않았다. 좌익 학생조직에 가담은 했지만 어떤 신념이 있었던 것이 아니요. 사상적 확신이 있었던 것도 아니다. 더욱이 지금은 조직에서 이탈한 처지니. 월북은 생각할 수 없다고 생각되었다.

"월북해서 구체적으로 무얼 하니?"

"월북해서 사상 교육과 유격 훈련을 받고 남조선 해방 전선에 참가하는 거지!"

그들은 의기양양했다.

석두는 말은 하지 않고 묵묵히 그들의 말을 듣기만 했지만 월북해서 몇 개월 훈련을 받고 오대산, 태백산 등지에 유격대로 남파되면 오래가지 못해 사살되거나 생포되는 것은 뻔한 일이다. 그러니 소모품이 되기 위해 월북하는 것이다, 라고 일러주고 싶었다. 그러나 그들은 착실하게 힘을 키우고 있는 인민군과 남로당의 조직이 일제히 봉기하면 이승만 정권이 무너지는 것은 어쩔 수 없는 현실이라고 생각하고 있었다. 석두는 그들의 생각을 뒤집을 만큼 확실한 신념이 있었던 것은 아니지만 어쩐지 속고 있다는 생각을 지워버릴 수가 없었다.

북쪽의 방송에서는 자주 민전(民戰)의 노래가 흘러나왔다.

민전이란 민주주의 민족전선(民主主義 民族戰線)의 약자이다. 민주주의와 민족주의라는 어휘는 2차 대전의 종전으로 해방된 그들에게, 사춘기의 그들에게 가장 새롭고 매혹적인 어휘였다. 민족이라는 어휘는 젊은이들에게 과거의 치욕에서 벗어나 새로운 세계를 꿈꿀 수 있는 찬란한 어휘였다. 민주주의와 민족을 위해서라면 모든 것을 희생해도 좋다는 생각을 하는 젊은이들이 적지 않았다.

북반부에 자리를 잡은 김일성 정권은 세계의 공산화를 꿈꾸는 소련의 뒷받침으로 수립된 정권이다. 공산주의는 민족을 넘어서 세계화를 지향하는 사상이고, 노동계급의 독재를 꿈꾼다는 점에서 민주주의와는 거리가 먼 집단이다. 그런데 그들은 민주주의와 민족을 내세우며 지식인들과 학생들을 현혹하고 있다. 그러한 의구심을 말하면 공산주의는 궁극적인 이상이지만 현 단계에서는 민족을 위해 싸우고 민주주의의 달성과 실천을 위해 전진한다고 주장한다.

석두는 그들의 이러한 주장은 속임수다, 위장 전술이다 하는 것을 감각적으로 파악하고 있었다. 그래서 아무것도 하지 않고 있었던 석두는 경찰에 검거된 적이 없고 결과적으로 조직 경력이 가장 오래된 자가 되었다. 그런 석두에게 좌익학생 조직으로는 강성으로 알려진 서중학교의 교책을 맡으라는 지령이 내려왔다.

석두는 어이없다고 할까. 이건 말도 안 된다는 생각이 들었다. 나 같은 회색분자, 기회주의자는 아니더라도 조직에 참여해서 행동은 하지 않고 관망만 하는 자에게 조직의 책임을 맡으라니 말도 안 된다. 조직의 종말이 온 것이다, 하는 생각이 들었고 그래서 조직을 이탈할 것을 결심했다. 태호가 시골집으로 달아났다면 나는 서울로 달아날 수 있다. 학교는 관두고 대학에 갈 수 있는 검정고시를 준비하면 된다는 생각을 즉시 행동으로 옮겼다. 서중학교의 조직에 관여하면서도 조직을 이탈할 기회를 노리고 있었다.

석두가 학년책을 맡고 있으면서 같은 반의 급장이었던 친구 태호에게 점조직에 참여할 것을 권유했다. 그랬더니 태호는 이튿날부터 결석을 하고 시골로 가버렸다. 현명한 태호는 학교에 나오면 권유를 거절할 수도 없고, 그렇다고 조직에 참가하면 경찰과 학련이 두렵고, 그래서 학교를 안 나오고 시골집으로 달아나버린 것이다. 몸조심하는 데는 학교에 안 나오는 것이 최상이다. 학교에 안 나오면 반탁을 외치는 학련이나 찬탁을 내세우는 좌익 조직에 가담하지 않아도 된다.

그러던 어느 날 석두에게 서중학교의 교책을 맡으라는 지령이 내려온 것이다. 열성적으로 투쟁을 한다고 할까, 상부의 지령을 실천에 옮긴 자들은 결국 노출되어 경찰에 잡혀가서 고문당하고 퇴학을 당했지만, 점조직에 몸을 숨겨온 석두는 결국 광주서중학교 5학년 때 독서 서클의 조직에서 이탈하고 부모에게는 검정고시를 준비한다는 핑계로 서울에 올라왔다.

석두가 조직을 이탈할 결심을 한 것은 광주 지역의 모든 학교 조직의 책임을 맡고 있다는 자가 번번이 거짓 정보를 말하며 점조직에서 벗어나 집단적 행동을 해야 한다고 했기 때문이다. 그러나 석두 생각에 점조직에서 벗어나 집단으로 전환을 하면 며칠 못가서 모두 검거될 것이고, 이곳저곳에서 봉기가 일어날 것이라 했는데 모두가 헛소리였다. 북에서 지령이 온다고 했는데 박헌영을 비롯한 남로당 간부들은 다 북으로 피신해서 안전하게 있으면서 남쪽의 동무들에게 봉기하라는 지령을 내리는 것은 말이 안 된다고 석두는 생각했다. 더욱이 조직에서 추방되거나 숙청되어야 하는 석두와 같은 회색분자에게는 서중학교의 조직을 책임지는 교책을 맡으라는 말에 더 이상 주저하다간 희생양이 되겠다는 판단에서 말없이 서울로 올라오고 말았다.

그 후 들리는 소문에 가장 착실하고 온건한 친구들이 독서회와 같은 사건에 연루되어 혼쭐이 나고 퇴학을 당했다고 한다. 그들은 모두가 지방 유지나 부자의 자제들이어서 부모들이 열심히 뒷바라지를 해서 서울의 중학교로 전학을 하거나 일본으로 빠져나가 그곳 중학으로 들어갔다는 것이다. 석두가 학교를 결석하고 서울로 피신해온 후 엉뚱한 사람들이 날벼락을 맞은 격이다.

북반부에 가서 기생한 남로당 간부들은 김일성과 북로당에게 뭔가 남쪽에서 활발히 움직이고 있다는 것을 보여주기 위해 민주주의와 민족을 위해 봉기해야 한다고 선동을 했고, 깊은 생각 없이 친구의 권유에 따라 조직에 참여했다가 혼쭐이 나는 경우가 많았다.

시국(時局)이 그걸 강요하고 있다고 할까. 시대의 물결이 모든 걸 휩쓸어 가고 고향을 등지고 떠나도록 강요하고 있다는 생각이 들었다. 뭔가 우리의 힘으로는 어쩔 수 없는 운명이랄까? 시대의 조류가 우리 민족을 뒤흔들어 놓고 있는 것이다.

서구 열강의 침략 수법을 배우고 모방한 일본 제국주의는 제일 먼저 조선을 침략했다. 그리고 태평양전쟁에 패배함으로써 우리 민족은 해방을 맞이한 것이다. 전쟁의 승자인 미국과 소련이 일본의 제국주의로부터 우리를 해방시켜준 것이다. 그래서 그들은 우리 민족의 독립을 도와주기 위해서 미소공동위원회(美蘇共同委員會)를 만들었다. 미소공동위원회가 한반도에 안정적이고 통일된 정부를 수립하기 위해서 내놓은 안이 신탁통치 안이다. 일정 기간 미소가 신탁통치를 함으로

써 혼란을 피하고 민주적 절차에 의해서 통일된 정부를 세운다는 것이다. 미국과 소련이 일본을 내쫓고, 한반도를 38선을 경계로 남과 북으로 점령을 한 그들은 우리 민족의 운명을 지배할 절대 강자이다.

그들이 50년 전에 한반도에 와서 38선을 경계로 남북을 나눠서 점령했다면 분명 일본을 대신해서 한반도를 식민지로 삼았을 것이다. 그러나 50년의 세월이 세상을 바꾸어 놨다. 제국주의와 싸워서 승리한 그들이 승자라고 해서 제국주의자가 될 수는 없는 것이다. 남북으로 나눠서 식민지로 삼으면 간단한데 그럴 수 없으니까 그들은 이리저리 궁리를 했다. 그들은 식민지로 삼을 수는 있지만 전후의 세계에 힘의 균형을 위해서 편싸움을 할 처지에 처해 있었다. 그래서 한반도에 새로운 정부가 들어서면 어느 쪽 편에 서게 될 것인가? 그것은 어떤 체제의 정권이 들어서느냐에 달려 있다. 미국과 소련은 여러모로 궁리를 하고 나름대로 계산을 하고 그런 끝에 내놓은 안이 신탁통치 안인 것이다. 한반도에 중립국 감시단의 감시하에 민주적 방식에 의해서 총선거를 실시하고 통일정부를 수립하면 되는 것이다. 약간의 혼란이 있을지 모르지만 밀어붙이면 안 될 것이 없다. 그러나 미소 양국은 어떤 체제의 정권이 들어설 것인가에 대해서 자신이 없었다.

CIA나 KGB의 정보로도 남북을 아울러서 총선거를 할 때 어느 쪽이 이긴다는 보장이 없다는 것, 어느 한쪽이 승리를 했을 때 극심한 혼란이 야기될 것이며 반대 세력의 심한 저항에 봉착하게 될 것이라 했다. 그러니 지금은 한국의 통일 정부를 세우지 않는 것이 좋다는 것이었다. 그래서 모든 절차를 뒤로 미루는 신탁통치 안이 나왔을 때 좌익과 우익의 대부분의 인사들은 반대였다. 일부 중간파의 온건한 인사들을 빼고는 반대 입장을 취했다. 그러다가 얼마 지나지 않아 좌익 세력은 신탁통치를 지지하는 것으로 급선회했다. 그래서 전국의 학원가에 반탁(신탁통치반대) 학생연맹이 조직되었고, 좌익은 신탁통치를 지지하는 구호를 내세우고 각종 조직을 만들었다. 미소 당국은 신탁통치 연후에 총선에 의해서 새로운 정부를 만든다는 그럴싸한 청사진을 내놓았지만 결과적으로는 국론의 분열을 가지고 왔다. 국가가 탄생하기 전이니까 국론의 분열이라고도 말할 수 없다. 국론의 분열이라기보다 민족의 분열을 가지고 왔다고 할 수 있다.

국가라고 하는 틀은 따지고 보면 허구요, 민족이 실체라고 할 수 있는데 그 민족이 산산조각이 나고 분열을 했으니 일제에 의해 수탈된 나라의 틀을 되찾는다는 것은 헛된 꿈이 되었다. 물 건너간 것이다. 나라 없는 민족의 슬픔을 겪었다고 하나 다 헛소리였다.

석두는 참새 같은 본능으로 폭풍우가 몰려오고 있다는 것을 느끼고 있었다. 사실 신탁이면 어떻고 반탁이면 어떠냐? 문제는 어느 한쪽에 민족의 뜻이 모아져야 한다. 그런데 그렇지 못했다. 신탁통치 안을 내놓은 미소 양국의 진의도 알 수 없었다. 정말로 신탁통치를 하겠다는 것인지, 할 생각이 없는 것인지 알 수 없었다. 신탁통치라는 함정을 파놓고 거기에 우리 민족이 어떻게 걸려드는가를 관찰하고 어떤 먹거리가 생기는지 관찰하고 있었다고 할까?

신탁통치란 민족을 분열시키기 위한 과정이었다. 신탁통치를 지지하고 최상의 방법이라고 외치던 북쪽에서 먼저 정부가 수립되고 남쪽도 따라서 정부가 수립되었다. 서로가 서로를 괴뢰 정부라고 외쳤다.

북과 남에 단독정부가 수립된 것은 민족의 뜻은 아니요, 민족이 바라던 바는 아니었지만 얄타회담에서 스탈린의 제의에 의해 한반도에 38선이 그어졌을 때 이미 미소 양국 사이에 암암리에 양해가 되어 있었다고 할 수 있었다. 다만 내놓고 그렇게 할 수 없으니까 신탁통치라는 명분과 미끼를 우리 민족에게 던진 것인데 우리는 그들이 바라던 데로 분열하고 대립해 남북에 단독 정부를 수립하는 명분과 상황을 제공한 것이다.

우리는 우리가 누구냐고 묻는다면 대답이 궁한 상황이었지만, 하여튼 우리는 반탁이 옳은지 신탁이 옳은지 알 수 없었다. 다만 옳든 그르든 온 민족이 하나만을 선택해야 사는 길이라는 것이 석두의 생각이었다. 온 민족이 한목소리로 반탁을 외친다면 혼란을 각오하고 총선거가 단시일에 실시되어 하나의 국가의 틀이 만들어질 것이고, 모두가 신탁을 외친다면 신탁통치 기간이 끝난 연후로 모든 절차가 연기되는 것이니 좀 더 시간을 벌어서 안 될 것 없다.

조선시대, 우리의 조상들이 왕이나 왕비의 상을 일년상으로 하느냐, 삼년상으로 하느냐를 두고 싸움질을 하고, 사약을 내리고, 유배를 시켰다는데 찬탁이냐 반탁이냐를 두고 극한적 대립을 하는 것도 다를 게 없다는 생각이 들었다. 일년상도 좋고, 삼년상도 좋다. 찬탁도 좋고, 반탁도 좋다. 당신들 정치인들이 하라는 대로 따라 할 테니까 당신들이 정하면 된다. 제발 우리를 분열시키고 편싸움에 끌어들이지 말아 달라. 이렇게 외치고 싶었다.

정치(政治)라고 하는 것이 무엇이라는 것을 아는 이승만 박사는 "뭉치면 살고 흩어지면 죽는다."는 구호를 열심히 외쳤다. 상식적인 말이지만 틀린 말은 아니다. 그러나 무엇을 위해 뭉쳐야 한다는 것을 제시하지 않았기 때문에 아전인수의 논리로 받아들일 수밖에 없었다. 민족이 구심점을 잃고 방황하고 서로를 투쟁의 대상으로 인지하고 적과 우리 편으로 나눠지고 있다. 이럴 때 힘을 발휘하는 것은 논리가 아니라 물리적인 힘이라고 할까? 군사적 힘이다.

북쪽에서는 앞으로 일어날 사태에 대비하여 소련의 지원 아래 군사력을 키워왔다. 그러나 남쪽은 사정이 달랐다. 미국은 새로이 수립된 정권에 행정을 이양하고 치안을 유지할 수 있는 경찰력을 키워주는 게 고작이었다. 국방군이라는 명칭으로 창설된 군대는 아직 걸음마 단계인 데다가 남로당의 프락치가 이곳저곳에서 봉기함으로써 몸살을 앓고 있었다. 이런 상황에서 북한이 쳐들어오는 것을 걱정하고 불안해하는 것은 당연했다.

김구 선생이 서북청년 출신의 애국적 지사들의 만류를 뿌리치고 유서와 같은 시를 쓰고 평양으로 가서 김일성(金日成) 주석을 만난 것은 역시 애국적 충정에서였다. 김구 선생은 김일성을 만나서 정치적 흥정을 하려고 했던 것은 아니고 남북이 군사적 충돌로 들어가서는 안 된다는 것을 역설하고, 호소하기 위해서였다고 생각된다. 김구 선생으로서는 '군사적 침공에 의한 한반도의 적화통일이라는 최악의 사태는 어떻게든 막아야 한다. 그러기 위해서는 김일성을 만나야 한다.'고 생각했을 것이다. 김일성은 김구 선생을 극진히 대접했으나 이미 그때 남침 계획을 세우고 있었으니 이만저만 모순이 아니다.

김구 선생과는 달리 이승만 박사는 최악의 시나리오를 믿지 않았다. '미국이 마샬 라인이다 뭐다 해서 한반도가 미국의 방어 라인 밖에 있는 것처럼 보이지만 미국이 절대로 한반도를 송두리째 내놓을 리가 없다. 한반도가 자본주의 국가 세력과 공산주의 국가 세력의 절충 선상에 있을지 모르지만 원래 절충지대란 서로가 절대로 양보할 수 없는 성격의 것이다. 따라서 미국을 필두로 한 자본주의 국가들이 한반도를 포기할 리가 없다. 북조선이 군사행동을 개시한다면 맥아더 장군의 군대가 가만히 있겠는가.'

이승만 박사는 북조선의 군사적 침공이 두려운 것이 아니라 남한에서의 적색분자의 책동과 소요사태에 의한 국가 전복을 걱정했다. 그래서 반공법을 만들고, 남로당에 끈이 다아 있는 적색분자를 색출하고, 조봉암 같은 사회주의자이면서 이승만 정권에 협조한 정치인도 가차 없이 처단했다.

석두는 그러한 것이 불만이었다. 어떤 정치이념이나 사상을 반대하는 반공법을 만들 것이 아니라 민주주의를 더 옹호하고 자본주의와 공산주의의 본질을 비교해서 자본주의적 경제체제와 민주주의적 정치체제의 우월성을 내세우고 우리나라가 미국과 같은 경제구조와 정치체제를 선택할 수밖에 없다는 것을 홍보하고 설득하는 노력이 더 있어야 했다.

남로당 극열 분자의 책동에서 국가의 틀을 지키기 위하여 반공법은 불가피했고, '뭉치면 산다. 흩어지면 죽는다.'는 말은 옳은 말이었을지는 모르지만 설득력이 충분하지 못했다. 이승만 박사는 공백 상태의 행정력을 메우고 좌익 세력을 소탕하기 위해서는 일제시대의 협력자, 관리, 고등계 형사들을 재등용시키고 이용하지 않을 수 없었다. 독립운동을 하고 일제의 침략과 야망을 규탄해온 골수 반일투사인 이승만 박사로서는 딜레마가 아닐 수 없었다. 반대 여론이 들끓었지만 이 박사는 일제시대 반민족적 친일파를 처단하기 위하여 만들어진 반민족특위를 해산시키는 극단적 조치를 취하지 않을 수 없었다. 그로서는 나라의 틀을 유지하기 위해서 당장 절대 필요한 사람들이 대부분 특위의 처단 명단에 들어 있었기 때문에 불가피한 선택이었는지 모른다.

북조선에서도 처음에는 친일 반역자를 처단하지 않았다. 행정의 공백을 메우고, 공장의 정상적이고 지속적인 운영을 위해 친일파뿐만 아니라 일본인 전문가와 기술자를 억류해서 최대한 이용한 것이다. 일본인 기술자와 전문가는 충분히 대접하고 이용하여 어느 정도 틀이 잡힌 뒤 일본에 귀환시켰으며, 친일파라 하더라도 이용가치가 있는 자는 충분히 이용하고, 서서히 그러나 철저히 처단했다.

일제의 잔재 세력을 철저히 이용하고 숙청했다. 말하자면 일제 잔재와의 싸움에서 실용주의(實用主義) 면을 가미했다고 볼 수 있다. 이용을 하고 처벌을 한다는 것은 개를 길러서 잡아먹는 것과 같다. 당한 사람으로서는 분하고 억울했지만 북쪽 당국은 냉혹했다. 그러나 이승만 박사로서는 친일 반역자에게 냉혹할 수 없었고, 오직 좌익분자에게만 철저히 냉혹했다.

조봉암(曺奉岩)의 사형 집행이 그 예라 할 수 있다. 나라의 틀을 유지하기 위해서 '대한민국이 살아남기 위해서는 불가피하다.'고 이 박사는 판단한 것이다.

고등학교(중학교 6년제)를 갓 졸업한 석두에게는 세계 정세나 국내 정세가 얽히고설켜서 생각하면 생각할수록 어리둥절할 뿐이었다. 바둑으로 치자면 유단자들이 바둑을 두는데 18급의 초보자가 관전을 하고 수를 읽으려니 그저 괴롭고 당혹스러울 뿐인 것이다.

이튿날 아침 서홍이 찾아왔다. 그는 H대학의 2학년 수료증을 들고 왔다. 우리는 H대학의 교문을 들어선 적도 없으니 물론 위조된 수료증이었다.

"이걸로 신문 학원 시험을 치는 거다."

"가짜로 어떻게…. 위조라는 게 금방 들통날 건데…."

"이 세상에 가짜 아닌 게 어디 있냐? 이건 진짜 같은 가짜야. 네 것과 내 것, 두 통에 만 원 줬으니까, 오천 원 있으면 내놔."

석두는 그래도 찜찜한 표정이었다.

"야, 위조도 할 만한 사람이 하면 되는 거야. 서류야 형식이고 시험은 당당히 치겠다는데 누가 뭐라고 하니?"

두 사람은 그날로 청계천 3가에 있는 신문 학원에 찾아가 입학원서를 냈다. 서홍과 석두는 젊은 생각에 신문기자가 다 된 기분이었고 신문기자가 되면 어떤 세상이 오던 살아남을 수 있을 것 같았다.

두 사람은 신문 학원을 나와 명동으로 걸어갔다. 돌체 다방에 가서 차를 마시고 오랜만에 클래식 음악을 듣자는 것이다. 중앙극장 앞을 지나 명동성당 쪽으로 걸어가는데 "야!" 하고 부르는 소리에 뒤돌아보니 신태호가 서 있었다. 서홍과 석두의 같은 클래스이며 구맥회의 동인으로 2조 급장이었던 신태호는 지난 4월에 서울대 문리대 정치과에 합격을 했다. 돌체까지 갈 거 없다. 가까이 있는 다방에 들어가자. 오랜만에 얘기나 하자 해서 세 사람은 성당 오르막길에 있는 다방에 들어갔다

"문리대 정치과는 최고의 수재들만 간다는데 축하한다."

서홍이 입을 열었다.

"네가 정치과에 갈 줄은 몰랐어…."

석두가 말하자

"그럼…?"

"정치과가 아닌, 법대나 공대… 너 같은 수재들이 가는, 정치과보다는 실용주의적인…."

석두는 2년 전에 독서회 조직에 참가하라고 권유하자 결석하고 시골집으로 달아난 태호를 생각하며 말을 이었다.

"아니야. 정치에 관심이 커. 정치를 이론적으로 파고들고 싶어. 현실적인 정치에 참여한다기보다는 이론적으로 파고들면 넓은 학문의 세계가 있을 것 같아…."

신태호는 꿈에 부풀어 있었다. 그리고 빨리 하숙집에 돌아가야 한다. 대학 강의를 제대로 수강하려면 사전에 준비를 해야 한다면서 자리를 떴다. 둘의 눈에는 신태호가 그지없이 착실한 대학생일 뿐, 세상이 어떻게 돌아가는지 모르는 숙맥으로 느껴졌다. 석두와 서홍은 돌체에 가서 담배 연기와 음악적 분위기 속에서 미래의 신문기자상을 그리며 상상의 날개를 폈다.

3. 돌체 다방과 신문 학원

석두와 서홍이 시간만 있으면 명동의 돌체 다방에 들른 것은 클래식 음악을 듣고 그럴싸한 분위기에 젖음으로써 불안한 젊음의 갈등에서 도피하려는 데도 있었지만, 돌체에 가면 젊은 예술인들, 특히 이화여대, 고려대, 서울대, 연대, 중앙대 등의 대학 극 서클의 선배들을 만날 수 있었기 때문이었다. 그들은 연극에 대해서 순수한 정열을 불태우고 대화와 논쟁을 일삼았지만, 정치적 면에서는 역시 좌와 우로 갈려 있었다. 중앙대와 서울대는 색깔이 뚜렷지 않은 회색이었다면 고려대와 이화여대 주변은 좌우가 분명히 갈라져 있는 것으로 느껴졌다. 다만 좌파적 성향의 선배들은 그들의 성향이 노출되면 신변이 위험함으로 위장된 연기를 하는 것으로 느껴졌다.

박로경(朴魯慶)이 주재하는 '여인소극장'을 배경으로 하고 있는 이화여대 연극반은 진보적 성향으로 여인소극장의 동인으로 참여한 여대생도 있었다. 반면 월남한 선배들이 주축이 된 고려대는 우파적 성향이었다고 할 수 있었다. 그날도 한구석에 대학 극 서클의 선배들이 모여 앉아 있었다. 고려대의 최 선배, 김 선배, 서울대의 조 선배, 정 선배, 이화여대의 이 선배, 그들은 석두에게는 선배라기보다 스승에 가까웠다.

그들은 대학 극 서클에서 독서회 등으로 연극에 대한 정열을 불태우고 있었지만 동시에 기성 극단(신협과 극협, 여인소극장 등)에 이미 참여해서 활동하는 사람도 있었다. 그날따라 그들의 표정은 어두웠다. 베토벤이나 모차르트의 음악을 들으며 뭔가 불안한 생각을 떨쳐 버리려는 분위기였다. 그들은 북조선의 평화 공세를 얘기했다. 어떻게 해서라도 전쟁은 피해야 한다. 그러니 북조선의 평화회의 제안을 받아들여야 한다. 그들의 말은 믿을 수 있느냐, 월남해 온 최형과 조형은 다 북쪽에서 겪어 봤는데 그들은 믿을 수 없다고 했다. 그러나 아무도 단호하게 뭔가를 주장하는 사람은 없었다. 모두가 자기들 힘으로는 어쩔 수 없다는 무력감에 젖어 있었다.

석두와 서홍은 돌체의 이런 분위기에서 빠져나오려는 듯, 서둘러 돌체를 나왔다. 앞으로를 대비해서 신문 학원 시험을 준비해야 한다고 생각했다.

신문(新聞) 학원 입학시험에 응시한 것은 하나의 도전이었다. 시험 내용은 시사 문제에 관한 것과 주제나 내용을 주고 기사를 쓰게 하는 필기시험이었다.

서홍과 석두는 그런대로 자신 있게 시험을 쳤다. 그러나 구두시험에서 문제가 생겼다. 시험관 중에는 중앙대학에 출강하는 시인 김기림(金起林)이 있었다. 김기림은 금방 석두를 알아봤다.

"내 강의를 듣는 학생인 것 같은데 'Rolling Stone gathers no moss'라고 진득하게 한자리에 붙어서 공부를 해야지 신문 학원에는 왜 들어오려고 하나?"

그러자 옆에 앉은 다른 시험관이 서류를 보며

"H대학 2년 수료라는 것은 다 거짓이구먼. 중앙대학을 다니면서 언제 H대학을 다니나?"

서류가 가짜라는 것을 시인하지 않을 수 없었다. 그러나 굴하지 않았다. 서류야 뭐 형식적이지 중요한 건 필기시험 결과가 아니겠느냐? 게다가 대학 2년은 수료하지 못했지만 현재 대학 2학년에 재학 중인 것은 사실이니 필기시험 결과가 나쁘지 않다면 꼭 붙여 달라고 배짱 좋게 간청이랄까? 호소를 했다. 비슷한 대화가 서홍과 시험관 사이에도 오고 갔다. 시험관 교수들은 필기시험 결과만 좋으면 붙여줄 테니 잘해보라는 언질 비슷한 말까지 했다. 석두와 서홍은 틀림없이 붙을 거라는 기대를 갖고 합격자 발표를 보러 갔다. 그러나 두 사람의 이름은 없었다.

"이럴 수가!"

두 사람은 몹시 실망했다.

"따지러 가자."

뭘 따진단 말인가? 떨어진 게 당연하지. 우리가 뭘 따질 자격이 있단 말인가?

"하여튼 알아보자. 마지막으로 한 번 더 알아보자."

그만큼 신문 학원에 들어가는 것이 절실한 꿈이요. 바람이었다고 할까…. 두 사람은 교학과장을 만났다. 교학과장은 두 사람을 알아보고

"이달 말까지 등록을 하도록 해요. 7월 1일부터 강의가 시작되니까."

합격 명단에는 빠졌으나 입학금을 내고 등록하면 받아주겠다는 것이다. 뭔가 꿈이 이루어지는 감격적인 순간이었다. 그날이 1950년 6월 20일이었다.

6월 22일 석두와 서홍은 광주로 내려왔다. 지루한 호남선 야간열차를 타고 신문 학원 등록금을 마련하기 위해 내려온 것이다. 석두와 서홍의 집은 광주시 루문동에 벽돌담을 사이에 두고 나란히 있었다. 서홍의 집은 원래 장성과 비아 사이의 농촌에 있었으나 아들의 교육을 위해 광주에 집을 마련한 것이다.

詩 _ 통행금지(通行禁止) 5분 전을

통행금지 5분 전을 달려가고 있다.
끝없는 전전에
숨결 소리 하나 들리지 않는 都市여
안식도 망각도 아닌 뭇 그림자 속에 나의 그림자는 파묻혀 있다.

그래도 나는 달려가고 있다.
아, 이 어둠과 '통행금지 5분 전'을
당신은 어느 곳에서 기다려 주시기에….
이냥 한그루 가로수처럼 머물고 싶다.

돌아오는 길도, 가는 길도 아닌 이 싸늘한 보도에
점을 치는 별빛과 당신의 머리칼을 스쳐 가는 것은
내가 아닌 바람뿐이다.

'통행금지 5분 전'을 달려가고 있다.
어데론가 통하는 보도에
막다른 순간.

– 석두, 1950년

No. 3장

나는 아저씨 편이여!

조선 반도에서 전쟁이 일어났다. 멍청한 김일성이 일을 저질렀다고 비신스키는 생각했다. 비신스키는 그로미코와 같이 스탈린을 찾아갔다. 그로미코와 비신스키는 언제나 정해진 자리에 앉았다. … 한 시대의 주인공을 자처한 스탈린, 히틀러의 나치스와 싸울 때는 그는 조국을 지켜낸 영웅이었지만 냉전 시대의 서막에서 그가 맡은 역은 음흉한 어릿광대였다. 그는 콧수염 밑으로 음흉한 검은 미소를 띠었다. (본문 중에서)

1950년 6월 남침 사흘만에 서울을 점령한 인민군 T-34 탱크가 시가지를 누비고 있다.

1. 6·25 전쟁의 서막

기습공격과 남침

6월 25일 아침 서홍이 붉은 벽돌담 위로 얼굴을 내밀었다.

"야 드디어 터졌어!"

그리고는 의미심장한 미소를 던졌다. 석두도 "그래. 터졌어…"라고 답하며 역시 의미심장한 미소를 던졌다. 그들의 미소는 인민군이 쳐들어와서 좋다는 미소는 아니었다. 그보다는 그들의 정세 판단이 옳았다는 데 대한 우쭐한 자부심 같은 데서 나온 미소였다. 그들이 이미 이야기했던 인민군의 침공을 정부가 대비하지 않고 기습공격을 당했다니 참 한심스럽다는 생각이 들었다. 인민군의 침공은 침공이고, 두 사람은 내일이라도 신문 학원 등록금이 준비되는 대로 서울로 올라가자고 했다. 그런데 등록금을 준비해서 올라가기로 한 6월 28일에 이미 서울은 인민군의 지배하에 들어갔다. 석두와 서홍도 서울행을 포기할 수밖에 없었다.

석두는 서홍과 같이 외할머니 집으로 피신하기로 했다. 이러한 변란의 시기에는 누가 적이고, 누가 우리 편인지 알 수 없다. 누가 가해자가 되고 누가 피해자가 될지 알 수 없다. 실제로 남쪽 정권에 의해서 보도연맹에 가입된 사람들이 대량 학살되었다는 소문이 나돌았다. 보도연맹이란 과거에 좌익 세력에 가담했거나 좌익 세력의 빛깔을 띤 사람들을 전향시키기 위해 만들어진 조직이다. 그러니까 과거를 뉘우치고 대한민국의 품에 안기겠다는 사람들인데 북한의 남침이 발생하니까 믿을 수 없는 위험인물로 간주되어 총살이 되고 그밖에 폭발물에 의한 대량학살 같은 방법으로 처형되었다는 것이다. 석두와 서홍은 어느 쪽에도 리스트에 올라 있지는 않았으나 피차간에 교전이 이루어지고 들락날락하면서 어떠한 위험 상황이 발생할지 알 수 없었다.

치안을 담당한 경찰은 최악의 사태에 대비하면서 바짝 긴장해 있었고 태백산맥이나 지리산을 중심으로 한 이른바 빨치산도 기가 살아난 듯했다. 이럴 때는 아무 눈에도 띄지 않고 숨어있는 것이 상수다. 석두와 서홍은 석두의 외할머니 연줄로 노령산맥 기슭의 외딴 마을 시골집 사랑의 골방에 틀어박혀 꼼짝 않고 숨어있었다. 숨어있을 이유가 특별히 있는 것은 아니었지만 그렇게 숨어있어야 안전하다고 생각되었다.

전세(戰勢)는 북쪽의 일방적인 승리로 한강 다리가 폭파되고 며칠 동안은 한강 도강을 주저하는 듯했으나 도강을 감행하자 그다음은 파죽지세로 대전까지 내려왔다. 대전에서는 미군 24사단장이자 군정 장관이었던 딘 소장이 포로가 되었다. 어이없는 일이었다. 의도적으로 포로가 된 것이 아닐까 하는 대목이 없지 않지만 그만치 미국의 대응은 어수룩했다고 할 수 있다. 인민군은 대전에서 다시 머뭇거렸다. 서울만 점령하면 전국에 남로당계의 봉기가 일어나서 이승만 정권은 저절로 무너진다고 장담한 박헌영의 주장을 확인해보려는 듯 인민군은 두 번 머뭇거렸다. 서울과 대전에서.

대한민국 정부는 서울에서 대전으로 내려왔으나 다시 대구로 내려갔다. 대구로 정부가 내려간 것을 보면 호남은 그대로 인민군에게 내주는 것 같았다. 인민군이 한강을 도강한 지 일주일도 안 되어 광주의 상무대 등 군사시설이 철수를 시작했고 이어서 관공서, 경찰서 등이 황급히 철수했다. 적군이 들어오기도 전에 교전 한번 없이 모두 철수해버린 것이다.

며칠간의 공백 상태가 이어졌다. 불안하고 불확실한 공백 상태는 무엇이 되었건 하루빨리 메워져야 한다고 생각하며 막연한 시간을 보내고 있는데 인민군 차량이 노령산맥에 헤드라이트를 비추며 넘어왔다. 헤드라이트는 새벽까지 이어졌다. 아무런 저항이 없는 호남에 진격을 할 것인가, 말 것인가를 두고 인민군 사령부는 망설였으나 결국 정면 돌파와 측면공격을 병행한다는 작전 명령이 떨어진 듯 인민군 주력부대의 하나가 호남평야를 진격해서 노령산맥을 넘어 전남에 진주한 것이다. 그들은 트럭과 독일군이나 소련군에서나 볼 수 있듯이 한 병사가 운전하고, 다른 병사는 옆자리에 나란히 앉아서 사격을 하는 이인승 오토바이를 타고 노령산맥을 넘어왔다. 그들은 우리 국방군에 비해서 월등하게 잘 무장되고 멋있어 보였다. 이건 상대가 안 되는군 하는 생각이 들었다.

불안한 공백

인민군이 노령산맥을 넘어 전남에 진주해온 이튿날, 서홍과 석두는 광주로 되돌아가기로 했다. 노령산맥의 외딴 마을을 나와 국도 1번을 따라 약 백 리 길을 가면 광주이다. 인민군이 진주하면 어떻든 치안이 잡힐 거고 그러면 시골보다는 광주가 더 안전하며, 좌익으로 몰려 숨어있던 친구들도 만날 거고, 하여튼 광주로 가기로 해서 아침 열 시 경에 출발했다. 마을을 나오는데 외할머니가 마을 어귀까지 따라 나오셨다. 외할머니는 며칠 더 있다가 가라는데 당장 광주에 가야 한다는 손자가 몹시 불안했다. 그래서 마을 어귀까지 따라 나오셨다. 마을 어귀에서 외할머니는 되돌아가셔야 했다. 석두는 소학교 들어가기 전까지 자기를 길러주신 외할머니에게 무척 애착을 느끼고 있었다. 마을을 벗어나 고갯길을 넘어서려 하는데 흔히 사람들이 호주댁(이 대통령 부인을 가리킴) 비행기라고 생각했던 제트기 한 대가 나타났다. 석두와 서홍은 혹시 자기들을 향하여 기총사격을 해올까 봐 잽싸게 몸을 날려서 제방 뒤로 숨었다. 그러나 제트기는 두 사람에게는 관심을 보이지 않고 마을 위로 한두 번 선회하더니 마을에 기총사격을 가했다. 석두는 외할머니가 혹시 다치지 않았을까 마을에 되돌아 가보고 싶었다.

'무사하실 거야. 인민군이 숨어있을까 봐 기총사격을 한번 해보는 거야.'

석두는 가는 연기가 피어오르는 마을을 뒤돌아보며 1번 국도를 향해 걸어갔다. 기총사격을 가하려면 인민군이 노령산맥을 넘어올 때 공격을 할 것이지 마치 직장에 출근하듯이 아침 열 시쯤 나타나서 쓸데없이 이곳저곳 기총사격을 가하다가 오후 다섯 시면 퇴근하듯이 사라지는 제트기, 속칭 호주댁 비행기가 도대체 누구의 명령으로 어떤 작전 지시를 받고 나타나는 것인지 아리송했다. 인민군을 공격한다기보다는 인민군이 진주했는가 안 했는가를 확인하기 위해 날아온 것이 아닌가 하는 생각이 들었다.

1번 국도를 따라 걸어오다 백양사 입구를 지나치려 하자 무장한 한 청년이 나타나 두 사람을 향해 총을 겨누며 손을 들라고 했다. 두 사람은 손을 들고 대학생인데 서울에서 걸어오는 중이라고 했다. 무장한 청년은 산에서 내려온 유격대라고 했지만 경찰이 위장했을지도 모른다는 생각이 들었다. 서울에서 걸어 내려온 대학생이라고 하자 두 사람을 보내주고 그는 반대편으로 사라졌다.

"유격대 치고는 깨끗하게 너무 잘 입었지 않냐?"

하여튼 인민군이 들어왔으니 유격대를 자칭해야 대접받는 세상이 된 것이다. 구 읍내를 지나 장성으로 들어가자 완장을 두른 청년이 죽창을 들이댔다. 서울에서 오는 길이라고 하자, 본부에 가자고 했다. 본부라는 게 군청 별관이 아닌가 싶었다. 죽창을 들이댄 청년은 시골 청년이라면 본부에 앉아 있는 청년은 도시의 물을 먹은 청년이었다. 인민군이 들어오자 좌익 성향의 주민들이 자발적으로 조직한, 치안을 유지하기 위한 민병대 같은 성격의 조직 같았다. 의자에 앉아 폼을 잡고 있는 청년에게 대학생 신분증을 보이며 서울서 내려오는 길로 광주에 간다고 하자 고생했다고 하며 빨리 가보라고 했다. 그러자 죽창을 들이댄 청년이 이의를 달았다.

"이 사람들 서울서 오는 사람들 아니여. 서울서 걸어온 사람의 신발이 저렇게 멀쩡해…. 옷차림도 그렇고….”

그러자 의자에 앉은 청년은 죽창을 든 청년에게 잔소리 말라고 제지하며 우리에게는 빨리 가라고 했다.

“신분이 확실한 분들이여, 여러 말 말어.”

그런 소리를 뒤로 하고 석두와 서홍은 서둘러 그들의 본부를 빠져나왔다. 숨어있다 나오는 거라고 사실대로 말하면 쓸데없는 오해를 부를까 봐 또 이것저것 설명하기 귀찮아서 서울서 걸어오는 길이라고 거짓말을 한 것인데, 거짓말이 탄로날 뻔했다. 석두와 서홍은 마주 보며 실소(失笑)를 했다.

“괜히 거짓말을 하다가 귀찮을 뻔했다.”

“기본계급과 사이비 중간 치기의 차이일지 몰라. 기본계급은 경각심이 철저하다고….”

죽창을 든 청년은 노동자 또는 농민 출신의 기본계급이라면 의자에 앉은 청년은 공산주의나 좌익사상이 뭔지도 모르고 끼어든 사이비라는 생각이 들었다. 석두는 우리도 저 친구와 같은 사이비라는 생각을 하며, 앞으로 어떻게 처신을 해야 할지 걱정이었다. 서홍은 말없이 걸음을 재촉했다.

광주의 루문동에 돌아오자 서홍은 친구들을 만나고 정보를 얻는다고 열심히 뛰어다녔으나, 석두는 아무도 만나지 않고 방에 틀어박혀 있었다. 세상이 바뀌니까 뭔가 한자리해볼 양으로 뛰어다니는 게 좋아 보이지 않았다.

서홍이 새로 조직된 민청(民靑)에서 인민군 환영대회를 개최하기로 했으니 주최 측 요원으로 참가하자고 했으나 석두는 나중에 구경이나 가겠다고 했다. 나중에 석두 혼자서 나가보니 환영대회는 어느새 환영행진으로 변모해서 꽤 많은 군중이 인민군 만세, 김일성 장군 만세를 외치며 금남로에서 황금정 쪽으로 행진해왔다. 그 행진에 끼어들지 않고 석두는 구경하고 있었다. 그 구경꾼 속에 여류화가 천 여사의 모습이 보였다.

"천 선생님…."

석두는 반갑게 인사를 했다. 아무도 알아볼 수 없는 군중, 낯선 이방인들 속에 알아볼 수 있는 얼굴이 있다는 게 얼마나 반가운 일인지 몰랐다.

김일성 장군 만세, 인민군 만세라는 구호가 되풀이돼서 외쳐졌는데 누군가가 "박헌영 동지 만세!"라는 구호를 외쳤다. 그러자 행렬의 군중들도 "박헌영 동지 만세!"를 외쳤다. 그러나 인민군 복장의 두 병사가 "김일성 장군 만세!"를 외치며 박헌영 동지 만세를 제지했다. 그리고는 두 병사는 박헌영 동지 만세를 외친 청년을 호되게 몰아세우는 눈치였다.

이 광경을 보며 천 여사는 씁쓸한 표정을 지었다. '이제 시작인데…. 벌써 저러니.' 석두는 다 알아봤다는 표정으로 천 여사를 쳐다봤다. 이때 어디서 나타났는지 육중한 몸매의 구식 비행기가 나타나서 환영행렬의 군중에게 기총사격을 해왔다. 열띤 환영행렬이 순식간에 혼란에 빠지고 석두는 건물 속으로 피신하면서 천 여사와는 헤어지고 말았다.

호주댁 비행기와 다른 육중한 비행기는 군중들이 흩어지자 금방 사라졌다. 미처 피하지 못한 사람들이 우왕좌왕했고, 기총사격에 부상을 입거나 사망한 사람도 없지 않은 듯 제복을 입고 들것을 든 사람들이 부산하게 움직이고 있었다. 환영대회가 쓸쓸한 풍경으로 돌변한 것이다.

이튿날 아침 석두는 역시 구맥회 멤버였고 방화범으로 몰린 적이 있는 박내진(朴來珍)을 만나 함께 모교로 갔다. 군사훈련을 위한 무기고가 개방되고 거기에 있던 일본제 38소총을 민간인들이 모두 가지고 갔다. 교내는 적막할 정도로 조용했으나 교사 저편의 별관에 인기척이 느껴졌다. 그쪽으로 가볼까 하고 둘이는 망설였는데 그때 완장을 찬 한 청년이라기보다 소녀에 가까운 학생이 누군가를 포박하고 끌고 왔다. 포박당하고 끌려오는 학생의 얼굴을 자세히 보니 아는 얼굴이다. 운동 시합 같은 행사가 있을 때 응원단장으로 나서서 까불던 허방원이다. 허방원이가 학련에 가담한 것은 알고 있었지만 그가 체포되어 끌려올 이유는 없다고 생각되었다.

석두는 박내진을 쳐다보았다. 그도 어이없다는 표정을 지었다. 학련 학생들이 좌익계 학생들을 체포하는 데 앞장선 것은 사실이지만 세상이 바뀌었다고 해서 응원단장을 한 허방원 같은 친구를 같은 학급의 친구나 선후배가 체포해서 끌고 온다는 것은 말이 안 된다고 석두는 생각했다. 석두는 허방원을 체포해서 끌고 오는 학생을 불렀다. 그는 덩치는 컸지만 중학교 4학년 정도의 어린 얼굴이었다. 이런 상황에서 누가 높은 사람이고 누가 권력을 가진 사람인지 뚜렷하지 않다. 그래서 보다 높은 상위 조직의 실력자처럼 보여야 한다. 석두는 그에게 포승을 풀어주라고 명령조로 말했다. 그는 의아스러운 표정으로 두 사람을 쳐다보며 허방원의 포승을 풀어주었다.

"박 동무, 이 친구 허방원이야."

석두가 이렇게 말하자 박내진도 눈치를 채고 거들었다.

"그래, 이 친구는 우리가 조사를 해봐야 해. 이 친구는 우리한테 맡기고 그냥 가봐!"

그는 석두와 박내진이 선배라는 것을 알아본 듯 "알았습니다. 그렇지만…." 그는 우물쭈물 말을 이어가려 했다.

"그대로 보고해! 애는 우리가 조사할 테니까. 민청 본부로 데리고 가서 조사할 테니까."

"네. 알았습니다."

그는 교사 별관 쪽으로 향했다. 석두와 서홍은 허방원을 데리고 교문을 나왔다.

"우리는 이쪽으로 갈 테니 너는 저쪽으로 가라."

처음에는 어리둥절하던 허방원이 눈치를 채고 골목길로 뛰어가서 줄행랑을 쳤다. 엉겁결에 당해서 끌려 왔지만 이제야 정신이 들었다고 할까? 그는 석두와 서홍에게 멀리서 손을 들어 경례를 하고 유유히 사라졌다.

2. 투쟁 경력과 자기비판

광주시 민청(民靑)은 서중(西中)의 좌익계 학생들이 중심이 되어 자발적으로 발족되었다. 위원장에는 석두보다 4년 선배인 박용택이 추대 형식으로 선출되었다. 뭘 할 줄은 몰랐지만 자유롭고 희망에 부푼 분위기였다. 그러나 5일 후 북쪽에서 내려온 공작반이 도착하자 분위기가 달라졌다. 민청의 경우 그들은 박용택부터 시작해서 한 사람 한 사람 전원의 신분심사를 했다. 소위 투쟁 경력과 당성을 심사해서 조직을 재편한 것이다. 좌익계 학생들의 존경을 받던 박용택은 위원장에서 평의원으로 내려앉았다. 투쟁 경력은 있지만 남한 당국에 검거되어 결과적으로 조직에서 빨리 이탈된 사람은 조직의 중요한 자리에 앉을 수 없다는 논리였다. 반대로 뚜렷한 투쟁 경력은 없더라도 조직에 오래 남은 사람은 그만큼 더 평가되는 것 같았다. 서홍은 시민청에서 도민청(道民靑) 위원으로 발탁되었다. 석두는 시민청의 위원으로 남게 되었다.

이런 변화가 석두에게는 달갑지 않았다. 서홍과 서로 떨어져 있게 된 것도 마음에 안 들었지만 새로 옮겨온 위원장과 부위원장이 마음에 들지 않았다. 선배인 박용택은 존경심을 불러일으키는 품위랄까 리더십을 느끼게 하는데 새로 배치된 위원장은 그렇지가 못했다. 무식한 친구가 위원장을 하려니 괜히 허세를 부리는 것 같았고 부위원장은 눈치만 살피는 음흉한 인물로 느껴졌다. 매일 아침 쓸데없이 회의를 한다고 시간을 보내고, 무엇보다도 견디기 어렵다는 생각이 든 것은 매일 아침마다 전원이 돌아가며 '자아비판'을 강요당한다는 점이었다.

매일 아침마다 일과처럼 '자아비판'을 하니 자아비판을 할 건덕지가 없어지기 마련이다. 아침마다 이것저것 꾸며대서 자아비판을 하고 뉘우치고 하는 것이 지겹다는 생각이 들었지만 다른 위원들의 진실성이 결여 된 자아비판을 듣는 것도 견디기 힘들었다. 종교는 죄를 뉘우치고 하느님에게 용서를 빌라고 하는데, 공산주의는 당을 향해서 스스로의 잘못을 규탄하고 뉘우치고 당에의 충성심을 맹세하도록 강요하는 점에서 유사하다는 생각이 들었다.

종교를 믿거나 공산주의를 신봉하면 그날부터 우리는 자유를 상실하고 속죄양이 되는 것이다. 왜 우리가 속죄양이 되어야 하는가? 종교는 현세가 아닌 저세상에서의, 죽음 저편의 지옥 같은 것을 설정 또는 가정해서 우리를 공갈치는가 하면, 공산주의는 현세에서의 무자비한 숙청을 내세워 우리를 위협하고 있다.

이런저런 생각을 하니 석두는 더 이상 참을 수 없다는 생각이 들었다. 열흘이 채 못 되어 석두는 조직에서 이탈하기로 결심을 했다. 이틀째 민청에 안 나가자 서홍이 찾아왔다. 잘못하면 반동으로 몰리니 참고 시민청에 나가라는 것이다. 우리 같은 프티 부르주아 출신들이 극복해야 할 시련이자 과제라고 했다.

석두는 민주주의도 공산주의도 다 좋지만 내가 하고 싶은 일을 하는 자유를 포기할 수 없다고 항변했다. 특히 문학에 뜻이 있고 예술적 창조에 뜻이 있다면 자유가 있어야 한다고 했다.

"조국이 통일되고 평화로운 세상이 되면 네가 말하는 자유도 누릴 수 있게 될 거야…."

"그럴 것 같지 않아. 환상이야. 매일 아침 자아비판을 하라는데 자유가 어디 있냐? 그리고…."

"그리고?"

"그리고 공산주의를 하더라도 남쪽에서 올라가서 해야지 북쪽에서 내려와서 하는 건 곤란해. 그들이 우리를 심사하고 지시하고 감시하고…, 박헌영 만세 불렀다고 몰아세우고."

"네 생각은 위험한 사상이야. 영기도 네 걱정을 무척 하던데."

서홍은 씁쓸한 표정으로 돌아갔다.

3. 자전거 도둑

이튿날 아침 정영기가 찾아왔다. 영기는 일 년 전에 월북한다고 찾아와서 석두의 하숙방에서 이틀을 보내고 간 세 친구 중의 한 사람이다. 세 사람은 월북하자 곧바로 남파 공작원 또는 유격대를 훈련하는 군관학교에서 훈련을 받고 3개월 후에 오대산 방면의 유격대로 남파되었다. 그러나 정영기, 김용구, 이달재 세 사람 모두 토벌대에 의해 생포되었다. 이달재는 육군 형무소에 수감 되어 곧바로 총살되었고, 정영기와 김용구는 함평 유지이자 재력가인 정영기 부친의 구명 운동으로 총살을 면하고 춘천형무소에 수감 되었다. 용구는 영기의 덕을 본 셈이지만 달재는 6 · 25 남침이 있기 전에 총살된 것이다.

영기와 용구는 춘천형무소에서 6 · 25를 맞이했고 일반 죄수와는 달리 끌려가 처형될 뻔했는데 혼란을 틈타 탈출에 성공, 용구는 오대산 빨치산에 합류했고 영기는 그 길로 남하해서 광주로 온 것이다. 남하하는 과정에서 몇 번이고 죽을 고비를 넘기고 광주에 온 것인데 그도 역시 공작반의 심사를 받았는데 춘천형무소에 투옥되었다가 살아 돌아온 과정에 의문을 갖는 심사원도 있었다고 한다. 그러나 영기는 심사원의 의구심을 풀어주고 충분히 해명함으로써 도당 간부가 되어 민청 담당 지도원으로 자리를 잡은 것이다.

영기는 석두에게 당장 시민청에 복귀하라고 설득했다. 사회주의 국가에서 당을 등지고는 살 수 없다. 예술가가 되기 위해서도 당성은 있어야 한다. 신문기자가 되기 위해서도 당성은 있어야 하고 김일성대학에 들어가기 위해서도 당원이 되어야 한다. 당원이 되기 위해서는 조직 경력을 쌓아야 한다고 설득을 했다.

"네 말은 충분히 알아들었어…. 하지만 시민청에는 돌아가고 싶지 않다. 조국과 민족에 봉사하는 데 다른 방법과 길이 있으리라고 생각해."

"도민청으로 자리를 옮길래? 서홍도 있고…."

"아니. 보다 자유롭게 혼자서 하는 일이 있다면…."

영기는 난감한 표정을 짓다가 문득 생각이 난 듯

"그래 참 민청의 서울 본부와 연락이 두절 상태인데 네가 연락책으로 서울을 갔다 오면 어떠냐?"

석두는 서울을 갔다 오라는 말에 금방 마음이 동해서 일종의 연락병 같은 연락책을 맡기로 했다.

"좋은 자전거를 구해 줄 테니 내일 당장 떠나라."

석두는 광주를 벗어나 서울에 가볼 수 있다는 생각에 가슴이 부풀었다. 조직의 임무를 수행한다기보다 세상이 어떻게 돌아가고 있는가? 국제정세는 어떤 변화를 일으키고 있는가? 전세(戰勢)는 어떤가? 많은 궁금한 일을 알아보고 온다는 데 큰 의미가 있다고 생각해서 영기의 호의를 받아들인 것이다.

이튿날 아침 석두는 도민청에 가서 서울 본부에 전달할 서류 뭉치를 받고 자전거를 타고 출발했다. 그동안 한 달여 일을 따분한 분위기 속에 숨어있거나 갇혀 산 느낌이라면 자전거를 타고 서울을 간다는 것은 뭔가 새로운 모험에의 출발처럼 석두를 신나게 했다.

한양은 천 리 길이라는데 그동안 완행열차나 자동차를 타고 가본 적이 있으나 자전거를 타고 서울을 가는 것은 새로운 체험이 될 것 같았다. 서울에 가면 의과대학을 다니는 형님을 만날 수 있고, 문학 서클의 여학생들도 만날 수 있고…. 휘파람을 불며 자전거를 몰았다. 다만 광주 시내의 풍경이 한 달 전에 광주에 올라올 때와는 다른 느낌이었다. 때때로 제트기가 나타나서 어딘가 특별히 목표로 삼지 않고 기총사격을 가하는가 하면 사람들의 표정도 어두워 보였다. 활기찬 도시의 아침 분위기가 아니라 찌푸린 표정에 무거운 분위기였다. 어머니 생각이 났다.

“이 난리 속에 서울은 뭘 하러 기어가냐. 할 일 없으면 할머니 집에 가 있지 않고….”

광주 시내를 벗어나 1번 국토를 타고 비야면에 들어서려는데 따발총을 든 인민군 두 사람이 길을 가로막았다. 인민군은 장교와 사병 같았다. 자전거를 내놓으라는 것이다. 석두는 민청의 중요한 연락 업무를 위해 서울로 가는 길이라고 설명하고 자전거가 필요하면 인민위원회에 가보라고 했다. 그러나 그들은 막무가내였다. 민청의 연락 업무야 시간을 다투는 일이 아니지만 전선(戰線)의 정세는 일분일초가 급하다고 했다.

“동무는 조국을 위해 무엇이 더 급하다는 걸 모르오?”

그들은 자전거를 징발하다시피 빼어 타고 사라졌다. 석두는 어이가 없었으나 어쩔 수 없다고 생각했다. 무기를 가진 두 병사와 싸울 수 없고 끝끝내 자전거를 뺏기지 않겠다고 발버둥 치면 사살을 하고라도 자전거를 빼앗아 가겠다는 기세이니 불가피한 결과라고 생각했다. 석두는 인민군이 자전거를 타고 사라져간 신작로를 바라봤다. 저 길을 여기까지 자전거를 타고 신나게 왔는데 이제는 걸어서 돌아가야 하는가? 그렇다고 서울까지 걸어서 갈 수도 없고…. 결국 광주로 되돌아갈 수밖에 없다는 생각이 들었다. 그렇지만 불과 한 달여 사이에 인민군 병사의 인상과 표정이 너무나 달라졌다. 노령산맥을 넘어서 처음 진격해온 인민군은 질서정연하고 자신만만한 기개가 있었으나, 석두의 자전거를 빼앗아 간 인민군은 신경질적이고 자포자기하는 듯 패잔병은 아니지만 뭔가에 쫓기는 사람들로 느껴졌다.

그러나저러나 광주로 돌아오는 석두의 발길은 무거웠다. 영기한테 뭐라고 보고한다. 사실대로 이야기할 수밖에 없지…. 뚜벅뚜벅 걸어서 시내로 들어오는데 어떤 건물 앞에 자전거가 놓여있었다. 내 자전거를 인민군에게 뺏겼으니 저 자전거를 대신 뺏으면 어떨까? 그러나 무슨 힘으로 뺏는단 말인가? 뺏을 수 없다면 훔치면 된다. 뺏는 거나 훔치는 거나 매일반이다.

석두는 이태리 영화 「자전거 도둑」을 생각했다. 영화 속의 주인공에게는 자전거는 생존수단이었다. 생존수단인 자전거를 도둑맞고 자기도 다른 자전거를 훔치려다 실패하고 실망하는 실업자…. 그 영화의 주인공에 못지않게 절실한 상황에 석두도 처해 있다고 생각되었다. 주저하다가 자기도 모르게 자전거에 올라탔다. 그러나 석두도 영화의 주인공처럼 실패

하고 붙들렸다. 어디서 나타났는지 한 청년이 석두의 손목에 수갑을 채웠다. 내무서에 끌려가나 했더니 내무서로 가지 않고 동명동의 주택가로 연행되었다. 석두를 연행한 사람은 정보원 같은 사람이고 끌려간 곳은 비밀경찰이나 첩보기관이라는 인상이었다. 제트기가 씽~ 하며 상공을 날았다. 정보원이 몸을 피하듯 크게 움직이자 사복을 입은 책임자 같은 사람이 움직이지 말라고 소리쳤다. 제트기에 뭔가 인기척이 감지되면 기총사격을 당할 수 있다고 생각해서 꼼짝 말고 있으라고 소리친 것이다. 석두는 날카로운 인상의 사나이에게 자초지종을 설명하고 석방되었다. 그날로 영기를 찾아가 보고하기에는 너무 맥 빠진다고 생각되어 루문동의 집에 일단 돌아가고 내일 도민청으로 영기를 찾아갈 생각을 했다.

4. 치명적 오판

루문동 집에 돌아와 보니 어머니와 유형(柳兄)이 이야기를 하고 있었다. 형님 친구인 유형은 형님과 같이 삼선교 집에 숨어있다가 나흘 전에 서울을 출발해서 오늘 아침에야 광주에 도착했다는 것이다.

"너 여기서 자전거 뺏기기 참 잘했다. 서울 가면 의용군에 끌려가든지 굶어 죽든지 양단간이야…. 그리고 전쟁은 이미 결판났어."

유형은 소리를 낮추어 말했다. 보급로가 끊긴 인민군은 탄약이 바닥났고, 포탄을 병사들이 하나씩 짊어지고 전선으로 가는데 그래 가지고 싸움이 될 수 없다는 것이다. 유엔군의 반격이 임박했는데 인민군이 영락없이 올가미에 잡혔다는 것이다. 또 한 번 세상이 뒤집힐 테니까 몸조심하고 당분간 유형의 시골집에 가서 숨어있자고 했다. 어머니도 석두에게 제발 그러라고 타일렀다.

전쟁이라는 게 기세만 가지고 되는 것이 아니다. 인민군이 처음 들어올 때는 기세가 당당하고 승리가 눈앞에 있다고 느껴졌는데 두 달도 못 되어 전세가 역전된 것이다. 전세가 불리해지니까 인민군의 작전이 처음부터 잘못되었다는 생각이 들었다. 반대로 남쪽의 국방군과 미군은 패주하듯이 낙동강 이남으로 후퇴했지만 인민군은 유인해서 때가 오면 반격을 가한다는 작전이었다. 제공권을 완전히 상실한 인민군은 보급로를 완전히 차단당한 것이다. 차량이나 열차가 움직일 수 있는 것은 오직 야간인데 그나마 폭격으로 차량이 대부분 파괴되거나 연료가 바닥나서 운송수단을 완전히 상실한 것이나 다름이 없었다. 전선(戰線)을 확대한 것도 잘못이고 보급수단이 없는데 너무 멀리 깊이 들어간 것도 잘못이었다. 김일성이 그러한 상황을 깨달았을 때는 이미 늦었다. 말하자면 빼도 박도 못하는 상황이 된 것이다. 김일성은 최후의 결전을 시도해볼 수밖에 없다고 생각해서 낙동강 상류 영동지역에 인민군의 정예부대를 집결시켰다.

그러나 첩보전과 정보전에 만만치 않은 미군은 그러한 기미를 정확히 파악하고 인민군의 집결지에 B29에 의한 대대적 야간공습을 감행했다. 2차 대전 때 B29에 의한 동경 대공습은 그 엄청난 파괴력으로 유명하지만 그 대공습에 못지않은 B29의 대공습이 영동지역이나 낙동강변에 감행되었다. 인민군의 주력부대는 하룻밤 사이에 붕괴했으며 지리멸렬되었다. 이제 인민군으로서는 어떻게 세를 규합하여 후퇴하느냐 하는 과제밖에 남지 않았다는 것이 유형의 정보 분석이었다.

"유형의 정보 분석은 그럴싸한데 정보의 특별한 소식통이 있나요?"

소식통이고 뭐고 세상 사람들이 다 아는 정보라고 했다. 석두는 뒤숭숭한 마음으로 밤을 새웠다. 유형을 따라서 유형 시골집에 가는 것이 현명한 처신이라고 생각되었다.

이튿날 아침 석두는 영기를 만나서 어제 일어난 일의 자초지종을 보고했다. 영기는 석두가 예상한 것과는 달리 잠담히 듣고 있더니 "그럴 줄 알았다"고 한마디 했다. 그리고는 서울로 직접 연락을 취하는 것은 불가능하다는 것을 알았으니 독자적 판단으로 행동해야 할 것 같다며 매일 도민청에 한 번씩 들리고 긴급사태가 있으면 연락할 테니 집에 가 있으라고 했다.

석두는 그날 밤 유형을 따라 유형의 시골집으로 갔다. 도민청에 매일 들르라고 영기가 말했으나 서울 가는 일이 틀어졌는데 도민청에 가봐야 석두에게는 할 일이 없다고 생각되었다. 석두는 이제 어느 쪽에도 끼지 않겠다는 생각을 하며 유형을 따라 유형의 시골집에 갔다.

유형의 시골집에 있는 마을은 송정리에서 멀지 않은 곳이었으며 지극히 평화로운 마을이었다. 유형의 부친은 돌아가시고 어머니만 계셨다. 유형은 두 형님이 계신데 둘 다 타관에 계시고 어머니 혼자서 식모와 머슴을 데리고 살고 계셨다. 유형의 큰 형님이 국회의원에 출마해서 낙선했다고 하며 그래서 가산을 축내기도 했으나 토지개혁 등의 과정에서 소작인들에게 후하게 해주어서 세상이 바뀌어도 유형의 집을 해코지하는 사람이 없어 편안하게 살고 계신다고 했다. 식모는 물론이지만 머슴도 예나 다름없이 유형 어머니를 잘 모셨다. 석두가 유형 집에 가있는 동안 머슴은 매일같이 논두렁에 가서 미꾸라지를 잡아 왔고 유형 어머니는 그걸로 추어탕을 끓여주셨다. 석두는 여름 내내 예전에는 먹어보지 못한 보리밥을 먹었다. 보리밥이 방귀가 나오지만 속은 편안하다고 자위했지만 어쩐지 영양부족이라고 생각하던 차에 매일같이 추어탕을 먹으니 영양보충을 톡톡히 한다고 생각했다.

석두는 동란의 와중에 뜻밖에 평화로운 시간을 보냈다. 그러한 나날을 열흘쯤 보냈을까 송정리에 가서 친구를 만나고 왔다는 유형이 빅뉴스를 가지고 왔다. 유엔군이 며칠 전에 인천상륙작전을 감행했고 인민군은 혼란 속에 전면 퇴각을 하고 있으며 지역의 좌익 세력과 조직은 입산준비를 하고 있다는 것이다. 석두는 이러한 급변과 난리 속에서 그냥 앉아 있을 수 없다고 생각했다. 하여튼 광주로 돌아가서 서홍도 만나고 어머니도 뵈어야겠다고 생각했다. 유형은 "광주에 가더라도 그 애들을 따라갈 생각은 하지 말라."고 한마디 했다. 광주에 가서 어머니가 계시면 뵙고 다시 돌아오라고 했다.

5. 그들의 연극적 대화 Ⅰ : 스탈린과 비신스키

– 그들의 대화를 엿듣지는 못했지만 나는 알고 있다

조선 반도에서 전쟁이 일어났다. 멍청한 김일성이 일을 저질렀다고 비신스키는 생각했다. 비신스키는 그로미코와 같이 스탈린을 찾아갔다. 그로미코와 비신스키는 언제나 정해진 자리에 앉았다. 스탈린이 먼저 입을 열었다.

스탈린 : 북조선의 군대가 기대 이상으로 강한 것인지, 남조선의 군대가 예상보다 약한 것인지 알 수 없지만 지금 같아서는 일방적인 승리야, 안 그렇소? 그로미코 동지.

그로미코 : 네. 맞습니다. 일방적인….

스탈린 : 이대로 가면, 한 달이면 종전의 축배를 올리게 될

지도 몰라.

그로미코는 어리둥절한 표정이었다.

비신스키 : 그렇지만 위대한 지도자 스탈린 동지….

비신스키가 끼어들었다.

스탈린 : 왜? 그런 시나리오는 믿어지지 않는다고?

비신스키 : 네. 문제는 미국입니다. 미국이 참전을 하게 되면, 초반에는 기습 작전으로 대승을 거두었지만….

스탈린 : 그래서?

비신스키 : 미국이 참전을 하게 되면 그렇게 쉽지 않으리라고 생각됩니다. 그러니 하루빨리 유엔에 돌아가서 미국이 참전할 수 있는 명분을 없애고, 미국의 개입을 차단해야 합니다. 미국이 유엔에서 뭔가를 꾸미는 것을 막아야 합니다. 미국이 어떤 결의안을 내놓으면 거부권 행사를 해서라도 막아야 합니다.

비신스키는 충성스러운 어조로 웅변을 토하며 말했다.

스탈린 : 유엔 대사는 당분간 유엔에 귀임하지 않을 거요. 그러니 서두를 것 없소. 몇 개 대학을 찾아가서 강의를 하도록 준비나 하시오.

비신스키 : 하지만 존경하는 스탈린 동지. 미국이 참전을 하면 그때는 이미 늦습니다. 아무리 북조선의 군대가 위대한 붉은 군대의 지도 노선에 따라 훈련되었다 하더라도 역부족입니다. 그들은 반격에 나설 것이고 그렇게 되면 걷잡을 수 없게 됩니다. 원수 동지가 외교적 노력으로 쟁취하신 기득권까지….

비신스키는 용기를 내서 그의 생각을 말했다. 스탈린 동지도 같은 의견이실 테니까.

스탈린 : 어느 쪽이 이기는 게 문제가 아니오. 가령 미국이 참전을 하지 않고 조선의 북반부 인민군이 한반도를 완전히 장악하고 통일을 했다고 해요. 미국이 가만히 있을 것 같소? 그 보상을 구라파나 동구라파에서 찾을 거요.

스탈린은 미소까지 띠면서 의미심장하게 말했다. 비신스키는 한 대 얻어맞은 기분이었다.

비신스키 : 그렇다면 왜 김일성 장군에게…?

이번에는 그로미코가 스탈린을 의아스럽게 쳐다보며 입을 열었다. 스탈린은 그런 질문이 나올지 알았다는 듯이

스탈린 : 왜 전쟁을…, 남반부 공격을 승인했느냐 이거지? 그래서 일 년 전에는 안 된다고 말했지. 그러나 김일성이 재차 간청하기에 묵인하기로 한 것이요. 명분이 있는 전쟁을 더 이상 막을 수 없었고. 전력면에서 자신 있다는 것이었고, 그의 말에는 틀린 게 없어요. 문제는 미국의 참전이지. 처음에는 미국이 끼어들면 승산이 없으니 안 된다고 생각했는데 곰곰이 생각하니 미국이 참전해도 나쁠 것 없다는 생각이 들었고 오히려 미군의 참전이 바람직하다는 결론에 도달했소. 어떻게든 미국의 참전을 유도해야 하오. 비신스키 동무, 동무를 유엔에 귀임 안 시킨 것은 거기 있으면서 동무가 거부권 행사를 하지 않을 수 없을 테니까, 비신스키 대사가

유엔에 있으면서 거부권 행사를 안 하면 북조선 당국이 어떻게 생각하겠소? 그러니 비신스키 대사는 유엔에 귀임하지 않고 거부권 행사를 안 한 것이 아니라 할 수 없었다…. 그 사이 미국은 명분을 찾아서 참전하겠지. 내버려 둬요. 그들의 참전은 우리가 바라는 바니까. 그들이 참전을 하고 조선반도에 관심을 갖는 한 구라파, 특히 동구라파에 대해서 관심이 그만큼 줄 것이다…. 내가 미국이 참전을 바라는 게 잘못이요?

그로미코 : 저희는 거기까지 생각하지 못했습니다. 위대한 스탈린 동지의 추리와 판단에 감탄할 뿐입니다.

그로미코가 아첨하듯 말했다.

비신스키 : 그러나 북조선 인민군이 궁지에 몰리면 우리가 뭔가 손을 써야 할 텐데, 그때는….

비신스키는 그의 추리를 또 한 번 확인하고 싶었다.

스탈린 : 그때는 중공군이 참전을 하게 되지, 중국은 사실상 전부라고 해도 과언이 아닐 정도로 조선인민공

화국과 국경을 접하고 있으니까 명분이 서지. 미국은 유엔을 앞세우고 참전을 할 거고, 중국은 자국의 방위를 위해 참전을 할 거고, 우리는 그 사이 동구라파의 불안요소를 제거하는데 전념하는 거야. 내가 이런 판단을 한 것은 내가 가지고 있는 정보 소식통이 미국은 전쟁을 하더라도 확전을 원치 않는다. 압록강을 넘어서 중국을 공격하지는 않을 것이다. 믿을만한 정보가 있어요. 그러니 우리에게는 큰 모험이 아니지.

스탈린의 이야기는 웅변적이면서도 설득력이 있었다.

한 시대의 주인공을 자처한 스탈린, 히틀러의 나치스와 싸울 때는 그는 조국을 지켜낸 영웅이었지만 냉전 시대의 서막에서 그가 맡은 역은 음흉한 어릿광대였다. 그는 콧수염 밑으로 음흉한 검은 미소를 띠었다.

No. 4장

인민군의 패주와 노을 진 서해

석두형, 자네를 못 만나서 가슴 아프네. 뭘 하든 자네와 행동을 같이 하고 싶었는데…. 지금쯤 신문 학원에서 같이 강의를 듣고 있어야 하는데 시간(時間)이 곤두박질친 것인지 헛돈 것인지. 이제 와서 어떻게 하겠는가. 자네가 회의를 느끼는 것만큼 나도 답답할 때가 많았지만 선택한 길을 이제는 끝까지 가는 수밖에. 지금은 한반도에 밀려오는 파도가 썰물인지 밀물인지 모르고 썰물이 나갈 때 따라서 바다로 가지 못해 모래사장에 남은 해파리 신세가 되지 않기 위해서 나는 무작정 따라가는지 모르지만 기왕 선택한 길 최선을 다하겠네. 자네도 자네의 길을 최선을 다해서 가기 바라네. (본문 중에서)

인천상륙작전 후 서울을 수복한 국군과 유엔군은 평양 너머까지 진격했다. 사진은 유엔군의 폭격으로 부서진 대동강 철교

1. 도시를 탈출, 산으로

이튿날 아침 석두는 광주를 향해서 걸어갔다. 광주로 가는 1번국도로 접어들자 엄청난 사람들이 흩어지기도 하고 대열을 짓기도 해서 걸어오고 있었다. 광주 시내를 벗어나 북으로 가는 행렬 또는 산(山)으로 들어가려는 행렬로 느껴졌다. 점령했던 도시를 버리고 긴급 퇴각 또는 긴급 피신하는 행렬이었다. 모두가 도시를 벗어나는데 석두 혼자서 도시를 향해서 걸어가는 것이 기이하게 느껴졌다. 그들은 힐끗힐끗 석두를 쳐다봤으나 아무 말 없이 지나쳤다. 그들 가운데는 인민군도 있고 내무서원 차림의 사람도 있고 일반 복장의 사람도 있었다. 이렇게 많은 사람들이 줄지어 북상하는데 매일같이 날아오는 쌕쌕이도 날아오지 않았다. 여기에 제트기가 날아와서 기총소사를 가한다면 대혼란이 일어날 텐데…. 쌕쌕이가 오늘은 봐주는 건가. 석두는 프랑스 영화 「금지된 장난」의 장면을 생각하며 이것도 전쟁의 전형적인 장면이라는 생각이 들었다.

이런저런 생각을 하며 발길을 서두르는데 뒤에서 "동무는 어디로 가오?" 하고 한 인민군 병사가 따라왔다. 그는 모든 사람들이 말없이 침울한 표정으로 광주를 벗어나는 것이 의아스럽게 느껴지는 모양이었다. 이 병사는 어디를 갔다 오는지 모르지만 전세의 급격한 변화는 모르고 화순에 있는 부대로 돌아가는 중이라 했다. 그러면서 화순에 부대가 그대로 있을지 모르겠다며 불안해했다. 그러나 석두는 혼자 반대 방향으로 거꾸로 걸어가는 것보다는 둘이서 걸어가니 잘되었다고 생각하며 광주 시내로 들어갔다. 우선 루문동 집으로 가보기로 했다. 어머니가 계실지도 모른다는 생각을 하며 루문동 집으로 가는데 인민군 병사가 계속 따라오는 것이다. 십오륙 세밖에 되어 보이지 않는 인민군 병사에게 화순으로 가려면 이 길을 쭉 따라가면 된다고 가르쳐주어도 "네. 압니다." 하면서 인민군 병사는 루문동 집까지 석두를 따라왔다. 집에는 어머니가 와 계셨다.

"네가 여기 올 줄 알고 기다리고 있었다. 너는 내 말을 들어야 한다. 네가 고집 센 것은 알고 있지만 이번만은 내 말을 들어라. 저 사람은 누구냐? 왜 여기에?"

"오는 길에 만났는데 화순에 부대를 찾아간 데요."

인민군 소년병은 어머니한테 인사를 하고 말을 꺼냈다.

"저, 여기…. 보통 사람들 옷이 있으면 하나만 주세요. 부대를 못 찾아가면 여기 사람들처럼 하고 어데 숨어야 할지 모르니까."

소년병은 갑자기 기가 죽어서 애원 조가 되었다. 그는 인민군 복장을 버리고 이곳 사람으로 변장해서 달아날 길을 찾겠다는 것이었다. 어머니는 석두의 옷과 헌 신발까지 챙겨서 보자기를 싸주었다. 두 달 전에 씩씩하고 용감해 보이고 멋있어 보이기까지 했던 인민군 병사가 이렇게 초라하고 애처롭게 느껴지다니, 돌변한 사태와 거리의 분위기에 소년병은 몹시 당황한 것이었다.

"그래. 어떻게든 살아서 고향에 돌아가야 해. 고향에는 부모님이 기다리고 계실 거고."

어머니는 그를 골목까지 따라 나가며 [illegible] 냈다. 소년병은 골목길을 벗어나 떠나갔다.

"저 애보다도 네가 걱정이다. 어젯밤에 서홍이 찾아와서 너를 찾더라. 오늘 새벽에 모두 출발한다는데 영암 월출산 방면으로 간다면서 어떻게든 오늘까지는 너하고 연락이 되었으면 하더라. 네 걱정은 말라고 했다. 당장 연락이 되지도 않고 너는 서울로 갈 거라고 했다. 걔들 따라가면 독 안에 든 쥐야. 그러니 딴생각 말아라."

어머니는 석두가 서홍을 따라갈까 봐 불안하고 걱정이었다. 서홍이 주고 갔다며 쪽지를 석두에게 주었다.

> 석두형, 자네를 못 만나서 가슴 아프네. 뭘 하든 자네와 행동을 같이 하고 싶었는데…. 지금쯤 신문 학원에서 같이 강의를 듣고 있어야 하는데 시간(時間)이 곤두박질친 것인지 헛돈 것인지. 이제 와서 어떻게 하겠는가. 자네가 회의를 느끼는 것만큼 나도 답답할 때가 많았지만 선택한 길을 이제는 끝까지 가는 수밖에. 지금은 한반도에 밀려오는 파도가 썰물인지 밀물인지 모르고 썰물이 나갈 때 따라서 바다로 가지 못해 모래사장에 남은 해파리 신세가 되지 않기 위해서 나는 무작정 따라가는지 모르지만 기왕 선택한 길 최선을 다하겠네. 자네도 자네의 길을 최선을 다해서 가기 바라네.
>
> – 서홍.

편지의 내용을 보니 서홍은 석두가 행동을 같이 하지 않으리라는 것을 예견한 것처럼 느껴졌다.

"쪽지를 내가 읽어 봤는데 서홍이는 속이 깊은 애 같더라. 좋은 친구지만 어쩔 수 없지."

어머니가 말했다. 석두는 서홍을 만나지 못한 게 아쉽기 짝이 없었다.

썰물에 휘말려서 바다로 가지 못한 해파리가 모래사장에서 따가운 태양에 녹아 말라가는 이미지를 그려봤다. 그 이미지가 어느 편에도 끼지 못한 석두 자신의 이미지인지 아니면 선택한 길을, 선택한 길이라기보다는 선택을 강요당한 길을 최선을 다해 가겠다는 서홍의 이미지인지 지금은 알 수 없다고 생각했다.

석두는 어머니의 말대로 유형의 시골집에 다시 가 있기로 했다. 당분간 거기 있다가 전세(戰勢)와 정세가 좀 안정되면 서울로 형님을 찾아가기로 했다.

유형 집에서는 여전히 추어탕을 먹었다. 일종의 진공 상태 같은 공백 기간이 며칠간 계속되었다. 3개월 전 공산군이 들어오기 전에 국방군과 경찰 관공서가 철수해서 행정 치안이 공백 사태가 사오일 있었다면 인민군과 내무서, 인민위원회 등이 산과 북으로 달아난 뒤에도 사오일의 공백 기간이 있었다. 이러한 공백 기간은 겉으로는 평화로운 분위기이지만 폭풍 전야와 같은 불안감이 감돌았다.

유형과 석두는 집 밖에는 거의 나가지 않았으나 답답하기도 해서 하루는 마을 어귀까지 걸어나갔다. 저편에서 오륙 명의 민간복을 입고 소총을 맨 사람들이 걸어왔다. 석두와 유형은 순간 당황했다. 저들이 빨치산인가? 아니면 경찰인가? 순간 판단이 서지 않은 것이다.

"달아나지 마. 달아나면 쫓아올 테니까, 빨치산은 밤이 아니면 안 내려오니까."

유형이 말했다. 그들이 가까이 올 때까지 두 사람은 가만히 서 있었다. 그들은 걸음을 멈추지 않고 제방 길을 서둘러 가면서 말했다.

"당신들 뭐야?"

"피난 온 대학생입니다."

"피난 온?"

"너희들 저 논두렁에 가서 엎드려!"

"내버려 둬, 그럴 필요 없어. 대학생이면 이제 가도 돼."

그중에 책임자 같은 사람이 시간 낭비하지 말고 빨리 가자고 했다. 그들은 지름길을 찾아서 논두렁길로 사라져 갔다. 그들은 아마 경남 쪽으로 후퇴해 있다가 전남이 수복되니까 임지로 돌아오는 길 같았다. 그들이 경계한 것은 아마도 미처 달아나지 못한 좌익분자의 매복 또는 석두나 유형이 보초와 같은 임무를 띠고 마을 어귀에 서성거리고 있지 않나 하는 것으로 느껴졌다.

"우리가 달아나면 잘못 판단해서 총을 쏠 수도 있다고…, 위험할 뻔했다."

석두는 서홍 할머니가 야간에 내려온 빨치산이 "누구야?!" 하는 호령에서 "아저씨 편이어!"라고 답했다는 얘기가 생각났다. 상대가 국방군인지 빨치산인지 알 수 없으니 할머니는 살아남기 위해서 머리를 쓴 것이다. 할머니를 확인한 산사람은 "우리도 할머니 편이어! 그러니 있는 곡식 좀 나눠줘" 하며 곡식을 털어갔다.

유형은 입맛을 다시며 야릇한 미소를 지었다. 유형은 좀 답답하더라도 당분간 꼼짝 말고 집에 있자고 했다. 그러나 며칠 뒤 평화롭고 조용한 마을도 안전한 곳이 못 된다는 것을 알았다. 야밤에 빨치산이 내려와서 몇 집을 들러서 곡식을 털어가고 이장을 찾았다는 것이다. 이장이 전날 송정리에 나가서 돌아오지 않아 다행이지 그렇지 않았으면 어떤 일을 당했을지 알 수 없었다는 것이다. 한 번 빨치산이 내려오기 시작하면 언제 또 내려올지 모르니 광주로 돌아가자고 유형은 말했다.

詩 _ 누구여!

나는 아저씨 편이여!
할머니는 외쳤다.

할머니는 괜찮아, 어느 편이든
집에 누구 없어, 할매 말고?

다 떠나갔어.
첫째는 국방군 따라가고
둘째는 산사람 따라가고
그리고는 없어

아무도 없어.

나는 아저씨 편이랑께…!

– 석두, 1950년 11월

석두가 광주로 돌아오니 어머니가 그렇지 않아도 연락하려 했는데 잘 왔다면서 마침 나주 출신의 서상덕(徐相德) 의원이 서울에 가는데 같이 데려다주겠다고 했다는 것이다. 그사이 집안에 문제가 있었다면 아버지가 경찰서에 연행되어 일주일 조사를 받고 나왔다는 것이다. 의사인 아버지는 자발적은 아니지만 인민군에 징발되어 인민군의 부상병들을 치료해줬다. 말하자면 인민군의 군의관이 된 셈이다. 그러나 인민군이 후퇴하면서 산을 타고 북상을 할 텐데 연로한 의사 동무는 힘드실 테니 집에 돌아가시라고 해서 돌아온 것이다. 석두 아버지는 보수 성향의 우익계 인사이니 나쁜 놈들에게 강제로 끌려가서 의료행위를 강요당했다고 신고하고 인도적 입장에서 불가피했다고 변명하면 그만이었을 텐데, 단순하고 솔직한 아버지는 인민군의 어린 병사들이 예의 바르고 무척 선량했다는 등 듣기에 따라서는 인민군을 찬양하는 말을 해서 당일로 귀가하지 못하고 일주일 동안 구금되어 조사를 받고 호되게 얻어맞기까지 했다는 것이다.

"그러나저러나 아버지 일도 해결되었고 너에 대해서는 아무도 문제 삼는 사람이 없고 너를 고발하는 사람도 없으니 다행이지만 그래도 서울 형한테 가 있는 게 좋을 것 같아서 서 의원에게 부탁했더니 쾌히 승낙하시더라."

어머니는 석두에게 너는 계집애로 태어났다면 좋았을 것을 하면서 아들만 삼형제를 둔 것을 아쉬워했다. 전쟁이 일어나니 아들들 걱정만 해도 골이 터지려고 하는데 네 아버지까지 속을 썩인다고 푸념을 하기도 했다.

2. 서울로 가는 길, 네다바이를 만나다

석두는 서상덕 의원을 따라 서울로 가기 위해 목포로 내려왔다. 육로가 불안하니 배를 타고 목포에서 인천으로 가서 인천에서 서울로 들어간다는 것이다. 목포에서 인천까지 여객선이 있는 것이 아니라 서 의원 친지 중에 어선을 몇 척 가진 선주가 있어 그 선주의 호의로 백 톤짜리 어선인지 화물선인지 알 수 없는 배를 타고 인천으로 가기로 한 것이다.

백 톤짜리 배는 생각보다 꽤 크다고 생각되었다. 배에는 서 의원을 따라가는 일행이 칠팔 명이 되었고, 그밖에 인천으로 가는 승객이 십여 명, 선장과 선원해서 30명 가까운 사람이 승선을 했다.

목포항을 출항했을 때는 초가을의 좋은 날씨에 모두 기분이 좋았다. 석두는 큰 트렁크와 손가방 하나를 들었다. 큰 트렁크에는 서울에 가지고 가면 값이 세 배가 된다면서 좀 무겁더라도 갖고 가라고 해서 광목 두 필을 넣어서 갖고 간 것이다. 큰 트렁크는 사람들의 시선을 끌었다. 석두의 기분 같아서는 어디다 버리고 싶었으나 형님한테 꼭 갖다 주어서 생활비로 보태 쓰라는 것이니 소중히 서울까지 운반해가야 한다.

배는 속도가 결코 빠르다고 할 수 없으나 통통거리며 칠산(七山) 바다를 기분 좋게 달리고 있었다. 배가 달리는 방향으로 오른쪽이 영광, 법성포이고 왼편에는 위도섬이 멀리 보였다. 바로 이 칠산 앞바다에서 많은 조기가 잡혀서 성수기에는 위도를 중심으로 파시(波市)가 선다. 석두는 외할머니가 보내 줘서 밥상에 떨어뜨리지 않고 먹었던 그 유명한 영광굴비가 이 칠산 바다에서 잡힌다는 생각, 최인규(崔寅奎) 감독의 「파시」라는 영화를 생각하면서 감회에 젖고 있는데 갑자기 배가 운항을 멈추고 갑판 위가 어수선하다. 배가 얕은 뻘밭에 좌초한 것이다.

칠산 바다는 원래 얕은 뻘밭으로 이루어져 있어 고기떼들이 서식하고 이동하며 연평도로 올라가는 조기 떼들도 이 칠산 바다를 통과할 때 알을 밴다고 한다. 말하자면 조기의 청춘기가 칠산 바다를 통과할 때라는 것이다.

이곳 바다를 잘 알고 경험이 많은 선장이면 칠산 바다의 얕은 뻘밭을 피해서 항해를 해야 하는데 목포 앞바다, 다도해에서 주로 놀던 이 배는 칠산 바다의 뱃길을 잘 몰랐다고 할까? 그래서 좌초된 것이다. 바다 한복판에 갇혔으니 어쩌나 했는데 지금 썰물이니 밀물이 되면 수심이 깊어져서 갈수 있다고 했다. 그러나 썰물이 밀물로 바뀌어 배가 다시 움직이려면 열 시간 가까이 기다려야 한다고 했다.

바다 한복판에서 해가 저물고 수평선 저편으로 태양이 가라앉는 광경은 장관이었다. 바다의 아름다움에 홀려 바다로 잘못 날아든 나비를 주제로 한 김기림의 시를 생각하며 석두는 나비의 날개라도 있다면 해가 저무는 수평선의 노을 속으로 날아가고 싶은 심정이었다. 그러나 한편으로는 시상에 젖기에는 항로를 잃고 좌초한 선상에 있다는 것이 한심스럽게 생각되었다

석양의 노을 속에 항로를 잃고 좌초한 배는 동서의 편싸움에 휘말려 전쟁터가 된 조국을 상징한 것처럼 느껴졌다. 잔잔했던 바다도 해가 지고 어슴푸레해진 하늘에 만월에 가까운 둥근 달이 나타나자 바람이 몹시 불고 검은 구름이 순식간에 달을 가렸다. 파도가 일기 시작했다. 그러나 그냥 기다리

는 수밖에 없다고 했다.

석두는 하단부에 있는 선창에서 잠이 들었다. 배가 심히 흔들리고 대부분의 사람들이 뱃멀미를 호소했다. 밀물이 들어와 배가 움직일 수 있게 되었으나 파도가 너무 심해 일단 위도로 상륙한다는 것이다. 법성포나 위도 어느 한 곳에 배를 대고 바람이 가라앉고 파도가 잔잔해지기를 기다려야 한다는 것이다. 법성포로 가느냐 위도로 가느냐 하는 것을 서 의원과 선장이 상의를 했는데 빨치산이 드나드는 법성포보다 위도가 안전할 것 같아서 위도로 상륙하기로 했다는 것이다.

배는 새벽녘에 위도에 도착했다. 선원을 빼고 모두들 처음 경험하는 뱃멀미에 녹초가 되었다. 그러나 그냥 상륙할 수 없었다. 위도가 현재 어느 쪽 지배하에 있는가를 살피고 상륙해야지 빨치산이 있다면 불에 뛰어드는 격이다. 그래서 조그만 백사장이 있는 어촌을 상륙 지점으로 삼았다. 선착장에 배를 대고 서 의원 비서와 경호원이 먼저 상륙해서 마을을 살피고 나서 상륙하기로 했다. 경호원과 비서는 아무도 없고 집집마다 텅 비어 있다는 보고를 했다.

"그럴 리가…?"

서 의원은 의아해하면서도 하여튼 상륙해보자고 해서 모

두 상륙했다. 작은 마을에 인기척은 전혀 없었다. 바다는 파도가 거세고 밀물의 최고 수위인 듯 바닷물이 부풀어서 바다에 가까운 집의 부엌까지 바닷물이 밀려왔다. 모두 겁을 먹고 높은 곳으로 달아났다. 일행 중에 수염을 기른 목사가 있었는데 그는 바닷물이 들락날락하는 제일 얕은 곳에 있는 집의 마루에 앉아 기도를 올리고 있었다. 저 목사님 바닷물에 쓸려 가면 어떻게 하느냐고 빨리 끌어내자고 수다를 떠는 사람도 있었다. 석두는 이게 교과서에 나오는 해일이라는 게 아닐까 불안했다.

그렇게 모두 수선을 떠는 사이 바다의 수위가 내려가고 파도도 모래사장까지만 밀려왔다. 연중 바닷물의 수위가 가장 높이 올라가는 날이 있는데 바로 그날이었다. 마을 사람들도 어항이 있는 건넛마을에 피신했다가 돌아왔다. 석 달 전에 인민군이 왔을 때도 바로 이 어촌으로 똑같은 크기의 배를 타고 왔다는 것이다. 그래서 또 인민군이 오는 줄 알고 일단 어항이 있는 건넛마을로 피신을 했는데 그렇지 않다는 것을 알고 돌아왔다는 것이다.

서 의원 일행과 석두는 3일 동안 위도에 묶여 있었다. 하늘은 맑은데 바람이 은근히 거세고 파도가 높아서 백 톤급의 배로는 출항할 수 없다는 것이었다. 석두는 배를 타고 바다를 건넌다는 것이 생각했던 것보다 어렵다는 것을 알았다. 비바람이 불어올 것 같아서 출항을 못하고, 그 비바람이 몰아치는 동안에는 물론 출항할 수 없고, 그 비바람이 가라앉은 다음에는 그 사이 거칠어진 파도가 가라앉기를 기다려야 하니 출항을 못하고…, 바람이 잔잔해져도 이미 거칠어진 바다의 파도가 진정하는 것을 기다려야 하는 것이다.

날씨는 바람 한 점 없는 맑은 가을 날씨를 회복했으나 파도는 여전히 높았다. 멀리 바라보이는 수평선이 석두가 알고 있는 직선의 수평선이 아니라 낮은 산맥처럼 꿈틀거리고 있었다. 바다는 바람 불 때 못지않게 바람이 잔잔해진 뒤 여파(餘波)가 무섭다고 한 선원이 말했다.

무작정 기다릴 수 없어 일행을 태운 배는 파도에 시달리며 출항을 했다. 그러나 인천을 직접 향해 가는 것은 무리라는 판단에서 군산항에 기항하기로 했다. 군산항에 상륙해서 며칠 기다려서 인천항으로 간다는 것이다. 이렇게 가면 언제 서울에 가나, 집을 나서서 열흘이 되어 가는데 이제 겨우 군산이니 답답하기 이를 데 없었다. 일행은 여관에 머물지 않고 밤은 배에서 잤다.

석두는 들고 온 광목을 군산에서 처분할 수 없을까 해서 시장으로 갔다. 시장은 그런대로 활기차 보였다. 아무리 세상이 시끄럽고 난세(亂世)라 할지라도 팔고 사고 돈을 벌겠다는 장사꾼들의 욕심과 기를 죽이지는 못하겠구나 하는 생각이 들었다. 거기다가 마침 화폐개혁이 일어난 모양이었다. 석두는 화폐개혁이란 생전 처음 듣는 얘기라 어리둥절했지만 광목을 사지 않겠냐고 묻자 광목 한 필에 신화폐로는 삼만 원, 구화폐로는 칠만 원을 주겠다는 것이다. 왜 그렇게 차이가 나냐고 묻자 당국이 세대 당 화폐교환을 일정액 이하로 제한하니까 그런 현상이 일어난 것이라 했다. 같은 돈인데 거래 가치가 배 이상 차이가 나다니 참 어이없다고 생각되었다.

석두와 같은 여행자는 병사사령부의 여행자 증명이 있으면 오만 원까지 바꾸어 준다고 했다. 호남지방은 인민군이 패주(敗走)하고 경황없이 후퇴했지만 패잔병과 지방 출신의 빨치산들이 산악지대에 숨어있다가 밤이면 들락날락하기 때문에 전선(戰線) 없는 전쟁터를 방불케 했다고 할까? 그래서 지역 전투사령부나 병사사령부의 여행자 증명이 없이는 청장년은 움직일 수 없었다. 석두도 물론 전남 병사사령부의 여행자 증명을 소지하고 있었다. 배에 돌아와서 서 의원 비서, 경호원들에게 화폐교환에 대해 얘기를 했다.

얼마 되지 않은 돈이라도 은행에 가서 교환하기로 했다. 교환 한도액인 오만 원을 가진 사람은 없고 모두가 삼만 원 정도밖에 가진 게 없었다. 결국 석두는 광목 두필을 구화폐에 팔고 일행의 몇 사람에게 부탁해서 새 화폐로 바꾸기로 했다. 석두는 뜻밖에 서울까지 갈 것 없이 군산에서 일곱 배 장사를 할 수 있게 되었다. 이만 원 투자해서 십사만 원이 되었으니 돈벌이 참 간단하다는 생각이 들었다. 거기다가 무거운 짐까지 덜었으니 더할 나위 없다. 석두는 큰 트렁크를 들었다. 트렁크에는 무거운 광목 두필 대신 새로운 화폐로 십사만 원이 들어 있는 것이다.

석두는 돈을 바꿔준 몇 사람을 다방에 초대했다. 항구의 다방은 나름대로 분위기가 있었다. 반가이 맞이하는 레지도 지방 도시의 레지치고는 꽤 미인이라는 생각이 들었다. 가장 비싼 차를 주문했다. 위스키티, 쌍화탕 등등. 나름대로 분위기 있는 다방에 들어서니 마음의 안식처에 들어선 안도감 같은 것을 느꼈다. 긴 항로에서 돌아온 마도로스의 심정을 조금은 이해할 것 같았다.

레지는 큰 트렁크를 든 석두와 일행은 어디로 가느냐고 물었다. 인천 가는 배가 바다가 험해서 군산항에 정박 중인데 앞으로도 며칠 더 군산항 신세를 지고 묶여 있을 거라 했다.

한 번 뒤엎어진 가을 바다는 여간해서는 잠잠해지지 않았다.

그러는 사이 몇몇 다른 손님이 왔다 가고 레지가 와서 오늘 서울로 가는 트럭이 있는데 가지 않겠느냐고 제의했다. 찻값은 오천 원이라고 했다. 석두는 마음이 동했다. 언제 배가 출항할지 모르고 출항을 해도 파도가 세면 또 뱃멀미를 할 텐데…. 뱃멀미의 고통스러움은 겪어본 사람이 아니면 모른다. 석두가 칠산 바다와 군산항에 오는 길에 겪은 뱃멀미는 생전 처음 겪은 것이지만 다시 그 고통을 겪을지도 모른다고 생각이 들자 끔찍했다. 석두는 서 의원에게 상의를 했다. 서 의원은 어머님 부탁이 서울까지 안전하게 데려다주라는 것인데 좀 불안하지만 좋도록 하라고 허락해주었다.

석두는 가벼워진 큰 트렁크를 들고 트럭에 올라탔다. 트럭은 오후 다섯 시쯤 출발했다. 오후 다섯 시에 군산을 출발해서 논산의 지방도로로 나가 1번 국도를 타고 서울로 올라간다고 했다. 그러면 통행금지 시간 전에 서울에 도착할 수 있는지, 아니면 삼선교에 있는 형님 집에 그 시간에 갈 수 있는지 생각을 해보고 트럭을 탔었어야 했는데 오로지 서울에 빨리 가야 한다는 생각밖에 없었다. 트럭이 논산에 도착했을 쯤에는 저녁노을이 지고 어두워졌다.

논산에서 연산으로 이어지는 1번 국도변의 나지막한 산맥에 봉화불이 이어져 있었다. 연산이라는 이름은 산이 이어지고 연결되는 지세라서 연산이라고 이름지어졌을지 모른다. 논산에서 연산으로 이어지는 산의 중턱에 불꽃으로 선을 만들고 있는 봉화는 인민군 패잔병이나 빨치산이 이동하는 봉화불이라고 했다.

왜 패잔병들은 달아나면서 봉화불을 올리는 것일까? 저희들끼리 연락하는 것이 있는지 모르지만 한편으로는 그들의 세를 과시하려는 속셈이 있는지도 모른다고 했다.

트럭은 아침에 서울을 출발하여 급한 손님을 태우고 군산에 돌아오고, 저녁 때 군산을 출발해서 서울로 가는데 저 봉화불 행렬은 매일 밤 변함이 없다고 트럭의 차장격인 청년이 말해주었다. 저 봉화불 행렬이 인민군 패잔병과 빨치산의 존재를 과시하는 것이라면 열댓 명의 승객과 짐을 싣고 1번 국도를 타는 트럭에는 그지없는 위협이지만 패잔병들이 내려와 차량을 공격하는 일은 거의 없다고 했다. 패잔병과 빨치산이 산을 타고 저렇게 북상하는데 미국과 국군은 왜 공격하지 않느냐고 묻자 유엔군이 벌써 서울을 탈환하고 38선을 넘어 북상하고 있는데 저것들 상대할 겨를이 있겠냐고 했다.

피아의 전선은 38선을 넘어 북상하고 있는데 그 전선에 복귀하지 못하고 전선 후방에 뒤쳐진 인민군이 발버둥 치며 북상하고 있는데 유엔군은 북상하는 인민군의 소부대를 아무데서나 공격하지 않고 북상하려면 꼭 지나가야 하는 길목에서 요격한다고 했다. 전선은 북상하여 평양과 원산에 육박하고 있지만 후방에 뒤쳐진 인민군으로 인하여 남한의 모든 산악지대가 전선(戰線) 없는 전선이 된 것이다.

짐을 실은 트럭의 뒤 칸엔 모두를 짐짝처럼 실어 서울로 달려갔다. 도로가 전쟁으로 파손되어 트럭이 심하게 흔들릴 때도 있었지만 서로 의지하고 기대어 앉아 저마다의 생각에 잠겨 침묵 속에 트럭은 열심히 서울로 달려갔다.

밤 열한 시가 다 돼서야 서울역 건너편 회현동으로 올라가는 모퉁이에서 트럭이 멈추어 섰다. 그 모퉁이에는 7층 건물이 있었는데 미군의 폭격으로 무너지고 소각되어 시커먼 외벽만이 우중충하게 솟아 있었다. 짐짝처럼 실려 와서 짐짝처럼 내려진 것이다. 석두는 우여곡절 끝에 서울까지 오기는 왔지만 꽤 큼직한 그러나 별로 무겁지 않은 트렁크를 들고 막막했다.

삼선교는 통행금지 시간 전에 걸어갈 수 있을 것 같지도 않고, 그렇다고 이 시간에 여관을 찾아가는 것도 그렇고 해서 망설이고 있었다. 카빈총을 짊어지고 한 군인이 어디로 가냐고 물었다. 삼선교의 형님 집에 가는데 이 시간에 갈 수 있겠냐고 물었다. 군인은 자기가 돈암동으로 가는데 같은 방향이니 같이 가자고 말했다. 그러자 한 중년 신사가 자기도 삼선교에 가는데 같이 가자고 했다. 통행금지 시간에 걸려도 군인이 같이 가면 문제 없다고 했다.

석두는 천만다행이라고 생각하며 카빈총을 맨 군인을 따라 걷기 시작했다. 군인은 트렁크가 무겁지 않느냐고 물었다. 석두는 큰 트렁크를 앞뒤로 흔들어 보이며 가볍다고 했다. 화신백화점 근처에 와서 군인은 잠시 들렀다가 갈 곳이 있다며 인사동 뒷골목의 가게에 들렀다. 군인은 육군 본부에 근무하는 이성수라고 했다. 돈암동 ○○번지가 집이라고 했다. 가게에는 오래 머물지 않았다. 십오 분쯤 머물렀다 나와서 종로 거리를 걷기 시작했다.

화신백화점 건물에는 헌병대가 있었다. 화신백화점에서 약 백 미터쯤 걸어왔을까, YMCA 건물 앞을 지났을 때 검정색 양복을 입은 신사가 나타나서 육군에 근무하는 군인과 시비가 붙었다. 왜 시비가 붙었는지 알 수는 없지만 검은 신사복의 사나이는 권총을 빼어 들고 군인은 카빈총을 겨누고 금방이라도 총격전이 벌어질 것 같은 순간이었다. 중년 신사는 당황하여 어찌할 바를 몰라 헌병대에 연락하라는 몸짓을 하는 것 같았다.

석두는 쏜살같이 뛰어서 헌병대에 위급한 상황을 설명하고 헌병을 대동하여 현장에 뛰어 왔다. 그러나 현장에는 아무도 없었다. 카빈총을 겨누고 권총을 빼어 들고 다투던 두 사람과 중년 신사는 감쪽같이 사라진 것이다. 불과 오 분도 안 되는 시간이라고 생각되는데 그들은 감쪽같이 사라지고 넓은 종로를 군용차가 때때로 달려갈 뿐 전혀 인기척이 없었다.

석두는 같이 왔던 헌병을 따라 헌병대로 돌아왔다. 감쪽같이 세 사람이 사라지고 석두의 트렁크도 자취를 감추었다. 헌병대의 당직 장교는 석두의 이야기를 들으며 납득이 안 간다는 표정을 지었다. 당직 장교는 석두를 아래위로 살펴보며 나이를 물었다. 스무 살이라고 했다. 헌병 장교는 "설마, 서른 살은 되어 보이는데…." 석두는 여행자 증명을 내보이며 만 열아홉 그러니까 스무 살이라고 했다. 당직 장교는 고개를 갸우뚱했다.

석두가 서울로 올라올 때 어머니가 회색 양복을 맞추어 주었는데 그때 유행하던 마카오 신사들이 입는 큰 에리(깃)의 양복이 아니라 에리가 좁은 구식 양복이었다. 그래서 당직 장교는 석두를 삼십대로 본 것이다. 잘못하면 허위 신고를 하는 정체불명의 사나이가 될 뻔했는데 당직 장교는 통행금지 시간이 넘어서 갈 수 있는 야간통행증명서까지 만들어주었다.

삼선교의 형님 집에 트렁크를 잃어버리고 맨손으로 도착한 것은 새벽 두 시였다. 이튿날 아침 석두는 의과대학에 다니는 형님과 함께 어젯밤 잃어버린 트렁크를 찾으러 나섰다. 트렁크 안에는 군산시장에서 판 광목 두 필의 대금 14만 원만이 아니라 어머니가 어려울 때 팔아 쓰라며 주신 금팔찌, 금반지 등이 들어 있었다. 그것을 잃어버리다니, 아니 도둑맞았다니 말이 안 되었다. 어떻게 해서든지 찾아야 한다고 생각했다.

먼저 지난밤에 들린 화신 뒷골목의 점포로 가봤다. 점포는 굳게 문이 닫히고 인기척이 없었다. 육본에 근무한다는 이성수, 그가 언제 적어 주었는지 모르지만 돈암동 산 102번지라는 주소가 적혀 있는 쪽지를 들고 돈암동 일대를 찾아다녔으나 산 102번지는 찾을 수 없었다. 마지막으로 육군 본부로 찾아갔다. 육군 본부는 을지로 입구 쪽에 있었다. 육군 본부에 가서 무작정 이성수를 찾는 것은 불가능하지만 어젯밤 가게에서 그들이 이야기하던 가운데 영선보급과라는 말을 들은 것 같아 찾아간 것이다.

이성수는 과연 육군 본부에 근무하고 있었다. 찾았다고 기대에 부풀어 기다리고 있는데 이성수라고 나타난 사람은 어젯밤의 그 군인이 아니었다. 석두는 그때서야 네다바이에 걸렸구나, 라는 것을 깨달았다. 시골에서 올라오는 사람들을 등쳐먹는 네다바이 조직의 범죄에 말려든 것이었다. 평상시에 이런 일을 당했다면 경찰에 신고하고 추궁해볼 만도 하지만 어지러운 전시에 그런 범죄에 관심을 갖는 경찰력은 없었다.

"이상한 트렁크를 들고 나타나니까 네다바이 조직이 그 트렁크를 노린 건지…, 아니면 군 정보계통이 수상한 트렁크를 노렸는지도 모르고. 하여튼 강도를 만나지 않아서 다행이다. 강도를 만나면 다 털리고 생명까지도 위험해."

형님은 입맛을 다셨다. 석두는 쉽게 번 돈은 쉽게 날린다는 것을 새삼 느꼈다. 광목 판 돈은 그렇다 치고 어머니의 금반지와 팔찌까지 잃어버렸으니 그런 귀중품은 따로 관리했었어야 했다고 석두는 생각했다. 군산에서 더 기다렸다가 서 의원 일행을 따라왔어야지 트럭에 몸을 실은 것은 경솔한 선택이었다고 후회했다. 의심하려고 드니 그 트럭도 범죄조직에 속해 있는 차량이었는지도 모른다. 이것저것 하루 사이에 일어난 일을 추리해볼 때 사회 전체가 거대한 범죄조직에 얽혀 있다는 망상에 가까운 생각마저 들었다.

의과대학 4학년에 재학 중이던 형님은 공군 군의관으로 특

채되어 사천 비행장에 갔다. 석두는 옥인동에 있는 형수님 댁에 가 있기로 했다. 달리 가 있을 곳이 없으니 할 수 없이 옥인동 형수님 댁에 갔지만 형님의 처갓집에 기숙한다는 것이 여간 불편한 것이 아니었다. 한편 국방군과 유엔군은 서로 앞을 다투어 평양으로 진격했으며 인민군은 평양을 포기하고 압록강변 국경으로 후퇴했다.

3. 그들의 연극적 대화 II : 김일성과 박헌영

1950년 10월 15일, 김일성의 지하 집무실. 김일성과 박헌영이 마주 보고 앉아 있다.

김일성 : 박헌영 동지! 미군이 38선을 넘어오지는 못할 것이라고 했는데 동무 예측과는 달리 38선을 그대로 넘어서 평양으로 진격해오고 있어요. 동지의 의견을 듣고 싶소.

박헌영 : 일단 후퇴해서 전선을 재정비 해야지요.

김일성 : 그걸 말이라고 하오. 평양을 버리고 가면 어디로 가겠소. 전선을 정비해서 싸운다는 것은 어림없으니 우리 모두 산으로 들어갑시다.

박헌영 : 산으로 들어가요?

김일성 : 그렇소. 산으로 올라가 유격전을 전개하는 거요. 일본군과 싸웠을 때처럼 산에 올라가 유격전을 전개하면 미군과 국방군 놈들을 골탕 먹일 수가 있소!

박헌영 : 그건 안 됩니다!

김일성 : 왜 안 되오! 동무는 유격전에 참가해본 적이 없으니까. 편안하게 숨어서 지령이나 내리고 있으니까 진짜 투쟁이 뭐라는 걸 모르는 거지. 이제는 산으로 올라가 유격전으로 버텨야 하오. 동무는 처음부터 다시 시작해야 해! 진짜 투쟁이 뭐라는 걸 배워야 해!

박헌영은 약이 올랐으나 참았다.

박헌영 : 수상 동지. 수상 동지의 영웅적 투쟁을 언제나 찬양해왔습니다. 그러나 지금은 산에 올라가 전면적 유격전을 전개할 때가 아닙니다. 우리가 유격전으로 전환하면 중국의 해방군이 우리를 도울 수가 없습니다!

김일성 : 중국의 의용군이 우리를 도우려면 벌써 도왔어야

지. 우리가 낙동강까지 쳐내려 갔을 때 그때 참전을 했어야지. 그러면 깨끗이 끝나는데….

박헌영 : 그때는 명분이 없었습니다. 그러나 이제는 미국 놈들이 38선을 넘었으니까 중국의 해방군이 참전할 명분이 생겼습니다. 그러니….

김일성 : 무슨 얼어 죽을 명분이요. 해방군의 참전을 통보해 온 지가 일주일이 넘었는데 아직도 소식이 없소. 평양에서 우리가 후퇴하기 전에 파병을 해줘야지. 우리가 낙동강까지 진격했을 때…, 동무의 지령을 받고 움직인다는 빨치산들은 다 어디로 갔는가? 동무가 스탈린 동지 앞에서 말하던 20만 명의 남로당 당원들은 다 어디로 숨었는가? 우리가 쳐내려 가면 일제히 봉기한다고 했는데 다 헛소리 아니요? 동무의 허황된 말을 믿고 쳐내려 갔는데 미국 놈들 함정에 빠진 격이 아니요?

박헌영 : 낙동강까지 내려간 것은 잘못된 작전이라 할 수 있습니다. 일보전진 이보후퇴. 서울을 점령한 시점에서 뭔가 새로운 작전이 필요했는데 낙동강까지 쳐내려 간 것은 적의 유인작전에….

김일성 : 그걸 말이라고 하오! 서울에서 며칠 동안 꾸물럭대고 시간을 보낸 것이 결정적 패착이라고 할 수

있는데 낙동강까지 진출한 게 잘못이요?

박헌영 : 보급로가 길어지면 정규적인 작전이 어려워진다는 것을 알았어야지요! 무작정 전진할 게 아니라 그때야말로 유격전으로 전환해서 남쪽 당원들과 빨치산이 봉기할 수 있도록 시간적 여유를 주고 싸웠어야지요!

김일성 : 그런 무책임한 변명이 어디 있소! 우리가 쳐내려가면 일제히 봉기해줘야지 우리가 해방시킨 연후에 그렇게 나타나는 건 기회주의자들 아니요? 게다가 미군이 그렇게 전면 개입해 올지 누가 알았소. 인민군 총사령관으로서 작전에 잘못이 있었다면 내가 책임을 져야 하지만 작전에 오류를 범하게 한 허황된 정보를 제공한 동무의 책임이 더 크다고 생각하오!

박헌영 : 제가 져야 할 책임을 피하지 않겠습니다. 지금 어려운 것은 사실이지만 모택동 동지와 주은래 동지가 우리를 결코 버리지 않을 것입니다. 결정적인 순간을 기다려서 참전해 올 것입니다.

김일성은 박헌영을 못마땅하게 노려봤다. 이자는 지금은 이용가치가 있지만 전쟁이 끝나면 모든 책임을 이자에게 덮

어씌워 숙청해야겠다는 생각을 했다.

김일성 : 잘못을 통감한다면 좋소. 마땅히 책임을 져야 할 것이요! 그러나 지금 당장 어떻게 하면 좋겠소? 산에 올라가 유격전을 펼치는 걸 반대한다면 여기서 끝까지 버티자는 거요?

박헌영 : 아닙니다. 미군과 국방군이 평양을 목표로 진격해 오고 있으니 일단 후퇴해야 합니다. 수상 동지께서 일단 만포진으로 후퇴하셔서 전선을 정비하셔야 합니다. 그래야 중국 의용군도 참전하는 데 명분이 서고 반격을 위한 작전도 세울 수 있을 겁니다. 저는 수상 동지의 지시를 받아 내무상 박일우를 대동하고 중국에 가서 조속한 파병을 다시 한 번 간곡히 요청하겠습니다.

김일성은 박헌영을 다시 한번 쳐다봤다. 이자는 아직까지 쓸모가 있다고 생각했다.

김일성 : 그렇게 하시오! 위급한 상황을 설명하고 더는 늦어서는 안 된다고 주장해야 하오!

박헌영 : 알겠습니다.

김일성은 초조하게 실내를 왔다 갔다 하다가 다시 불쑥 입을 열었다.

김일성 : 부수상 동지! 동무의 책임이 막중하오.

박헌영 : 네? 제 책임이…?

김일성 : 우리의 강력한 인민군이 요즘 사기가 말이 아니오. 도피와 투항, 잠적이 속출하고 있다고 하오. 명령을 거부하는 놈들도 있다는 보고가 들어오고 있소! 사상교육이 제대로 되어 있지 않기 때문이요. 다 누구의 책임이요?

박헌영 : 네?

김일성 : 다 동무의 산하에 있는 정치국 장교들이 역할을 제대로 수행하지 못하기 때문이요!

박헌영 : 제 산하에는….

김일성 : 알고 있소! 그래서 우리 인민군의 기강을 다시 세우기 위해서 사상무장을 강화하기 위해서 총정치국을 창설하도록 하오.

박헌영 : 네…. 그렇게 하시는 것이….

김일성 : 총정치국을 창설해서 그 책임을 박헌영 동지가 맡도록 하오!

박헌영 : 네, 제가?

김일성 : 동무의 책임이 막중하다고 하지 않았소. 당장에 돌아가서 인민군 내의 정치국 역할을 어떻게 하면 강화할 수 있고 사상무장을 강화할 수 있는지 연구하고 모든 조치를 취하도록 하오!

박헌영 : 알았습니다.

김일성 : 그만 돌아가시오. 만포진에서 만나도록 합시다.

박헌영 : 네…, 수상 동지께서는 언제…?

김일성 : 오늘 당장 출발할까 하오. 뒷정리가 되는 대로 만포진으로 오도록 하오!

박헌영은 어리둥절해서 김일성의 집무실을 나왔다. 김일성이 패전의 책임을 자신에게 뒤집어씌운다고 생각해서 반발했는데, 갑자기 인민군 내에 총정치국을 창설하고 그 책임을 맡으라 하니 어리둥절할 수밖에 없었다. 그것도 평양을 포기하고 국경도시로 후퇴하려는 이 위급한 상황에서 총정치국을 창설하라는 명령을 내릴 수 있는 여유가 있다니 김일성은 만만치가 않다는 생각이 들었다.

No. 5장

중공군의 참전과 1·4 후퇴

유엔군을 압록강과 두만강까지 진격시켰다. 그러나 맥아더 장군의 승전에 대한 우쭐한 기분은 비통한 좌절감으로 바뀌어 갔다. 맥아더 장군이 계획하는 작전은 아무런 얻는 것이 없이 미국의 안보를 위협한다는 판단 아래 승리를 위한 작전을 금지하는 명령을 합동 참모총장의 이름으로 전달한 것이다. 첫째로 중공군의 군수물자와 병사들을 실은 트럭이 쏟아져 들어오고 있는 압록강의 다리를 폭격하는 것이 금지되었으며 압록강을 끼고 있고 수풍댐을 비롯한 발전시설의 폭격도 금지되었다. 둘째로 유엔군을 공격한 적기(敵機)에 대한 월경(越境) 추격이 금지되었다. 셋째로 만주와 시베리아가 아니라 국경에서 수 마일 떨어진 나진(羅津)의 폭격도 금지되었다. (본문 중에서)

1 · 4 후퇴 때 서울시민들은 다시 피난길에 올랐다. 마침 한강도 얼어붙었다.

1. 노병은 죽지 않는다

그 사이 파죽지세로 평양과 원산, 흥남을 점령하고 압록강과 두만강으로 진격하던 유엔군이 중공군의 개입으로 주춤거리기 시작했다. 중공군의 개입은 예측되었던 것이기도 하지만 한편으로는 겨우 일 년 전에 장개석 군대와의 싸움에서 승리한 중공군이 한국전에 개입하겠느냐는 회의적인 시각도 있었다.

유엔군 총사령관인 맥아더 장군은 인천상륙작전에서 인민군을 지리멸렬로 만든 승전보에 기세가 등등했다. 북진통일을 외치던 이승만 대통령과 뜻이 맞았다고 할까.

유엔군을 압록강과 두만강까지 진격시켰다. 그러나 맥아더 장군의 승전에 대한 우쭐한 기분은 비통한 좌절감으로 바뀌어 갔다. 1950년 12월 5일 트루먼과 국무부의 관료 등은 맥아더의 승리를 위한 전쟁은 제3차 세계대전으로 가는 길이라고 판단했다. 맥아더 장군이 계획하는 작전은 아무런 얻는 것이 없이 미국의 안보를 위협한다는 판단 아래 승리를 위한 작전을 금지하는 명령을 합동 참모총장의 이름으로 전달한 것이다.

첫째로 중공군의 군수물자와 병사들을 실은 트럭이 쏟아져 들어오고 있는 압록강의 다리를 폭격하는 것이 금지되었으며, 압록강을 끼고 있고 수풍댐을 비롯한 발전시설의 폭격도 금지되었다.

둘째로 유엔군을 공격한 적기(敵機)에 대한 월경(越境) 추격이 금지되었다. 만주와 시베리아에는 그곳으로부터 어떠한 공격이 이루어졌더라도 그곳으로 달아나면 안전하게 보호되었다.

셋째로 만주와 시베리아가 아니라 국경에서 수 마일 떨어진 나진(羅津)의 폭격도 금지되었다. 나진에는 블라디보스토크로부터 대량의 군수품이 보급되는 군수물자 보급 창고가 있었는데 그마저도 폭격이 금지된 것이다.

맥아더는 고민하고 울분을 터트리고 마침내 비통한 심정이 되었다. 워싱턴이 단계적으로 무장해제를 시킨다고 생각했다. 병사를 전쟁터로 내보내며 이기지 말고 지라는 요구를 하는 희한한 사람들이 칼자루를 쥐고 있다고 생각할 수 밖에 없었다.

반대로 이러한 정보를 알고 있는 중공군 총사령관 팽덕회(彭德懷) 장군은 휘하 병사들의 보급망을 걱정하지 않고 압록강과 두만강을 건널 수 있었다. 워싱턴 당국이 맥아더의 모험을 용납하지 않을 것이라는 확신이 있었던 것이다.

전후 미국의 원조액이 30억 불이라면 전쟁 중 미국이 폭격으로 파괴한 남북 산업시설의 손해액은 50억 불이라 했다. 그만큼 남북의 산업시설은 철저히 파괴되었다.

영국은 압록강대교와 수풍댐을 공격하면 중공군의 개입이 불가피하며, 따라서 영국군은 유엔군에서 철수하겠다고 누차 경고했다. 주은래(周恩來) 또한 한국군이 38선을 넘어서도 내전의 성격을 벗어나지 않으면 참전하지 않지만 유엔군이 38선을 넘어서면 참전할 수 있다고 경고했다. 유엔군이 38선을 넘어서자 이번에는 국경선에 유엔군이 접근하면 참전할 수밖에 없다고 경고했다. 그러나 맥아더 장군은 전쟁에는 승리만 있을 뿐이며 중공군이 개입하면 만주를 폭격하고 필요하다만 원자폭탄을 투하해서라도 전쟁을 승리로 이끌어야 한다고 주장했다.

그는 미국과 소련이 3차 세계대전은 어떻게든 피해야 한다고 법석을 떨고 있지만 3차 대전은 이미 시작되었다고 생각한 것이다. 이러한 맥아더 장군의 태평양전쟁의 영웅다운 주장 또는 철학은 조국 통일을 꿈꾼 북쪽의 김일성 수상의 철학이나 북진통일을 외친 이승만 대통령의 철학가 일맥 통하는 데가 있었다. 미국이 원자탄 투하도 불사하겠다고 강경하게 나가면 중공군이 감히 개입하겠는가? 중공이 원자탄 투하라는 위험을 무릅쓰고 한국전 개입이라는 모험을 감히 할 수 있겠는가?

어쩌면 한반도의 분단은 종말을 고하고 한반도의 통일 정부가 수립될 수 있는 기회라고 이승만 대통령은 생각했다. 그러나 불행히도 그러한 일련의 상황 속에 최종 결정권을 가진 미국 대통령 투르먼은 영웅적 비전이나 철학과는 거리가 먼 대통령이었다. 말하자면 행정 수반으로서의 대통령이었다. 행정 수반으로서의 미국의 정책을 충실히 수행할 생각이었다. 그래서 그는 전쟁영웅 맥아더 장군을 해임하고 행정 수반이자 미국의 최고통수권자인 대통령의 지시에 따르지 않는 장군은 전쟁영웅이라 할지라도 행정적으로 해임될 수밖에 없다는 본보기를 만든 것이다.

"노병은 죽지 않는다. 다만 사라질 뿐이다."라는 말을 남기고 맥아더 장군은 한국전의 무대에서 사라졌다고 할까, 그렇게 퇴장한 것이다.

트루먼과 맥아더는 역사의 흐름 속에서 각기 자기가 맡은 역을 나름대로 멋있게 해낸 셈이지만 미국 정부가 한반도에 관한 한 어떤 단호한 결정도 내리지 않을 것이라는 것을 확인한 중공은 한국전에 전격적으로 개입한 것이다. 중공군은 병력의 숫자적 우세함을 내세워 꽹과리를 치고 피리를 불고 인해전술로 밀물처럼 밀려 왔다.

유엔군이 어제는 밀물처럼 북으로 올라갔다면 오늘은 썰물처럼 빠져나와야 했다. 북으로 쫓겨 간 인민군이 처참했다면 후퇴하는 유엔군도 처참했다. 트루먼의 행정적 결정은 탁상에서 만들어진 결정이요, 맥아더의 "전쟁에는 승리만이 있을 뿐이다."라는 한마디는 전쟁터에서 몸으로 터득한 철학이라는 것을 후퇴 작전과 철수 작전을 지휘하는 지휘관들은 새삼 뼈저리게 느꼈다.

2. 임진강 방어선

석두는 말하자면 사돈댁에 식객으로 있다는 것이 여간 부담스러운 것이 아니었다. 형수님과 사돈어른은 절대로 밖에 나가지 말고 집에 있으라고 했다. 거리에 나가면 곳곳에서 검문을 하고 젊은이들은 징병이라기보다 군대의 노역자로 징발된다는 것이다. 노역자로 끌려가서 미아리 고개 넘어 서울의 북방 외곽지대에 참호를 파는 일을 한다는 것이었다.

한국전이 시작된 지 5개월 남짓 되었는데 이제 와서 생각하니 김일성은 왜 전쟁을 일으켰는지 알 수 없게 되었다고 석두는 생각했다. 김일성은 조국 통일을 염두에 두고 전쟁을 시작했지만 미국이 한반도를 포기할 것처럼 겉으로 보인 것은 거짓이었으며, 미국이 전쟁의 상대로는 버겁다기보다는 상대가 되지 않는다는 것을 김일성은 깨달았을 것이다. 권투로 치자면 헤비급과 플라이급이 링에 오른 것이다.

결과적으로 산업 생산 면에서 남쪽에 비해 절대 우위를 차지하고 있던 북쪽의 진남포제철소, 원산조선소, 흥남비료공장, 수풍댐 등이 미국 B29의 폭격으로 철두철미하게 파괴되어 공장의 벽돌조각 하나 쓸 수 없어 남쪽보다 더 어려운 상황에 주저앉고 말았다.

'북반부 건설을 토대로' 조국 통일을 이룩하자는 구호는 헛된 구호가 된 것이다.

인천상륙작전으로 전세가 역전되자 이승만 대통령도 북진통일의 꿈이 헛된 꿈이 아닐 수 있다고 기대에 부풀었지만 의기투합하던 맥아더 장군이 트루먼에 의해 해임되고 중공군의 개입으로 유엔군이 후퇴를 거듭하자 북진통일은 하나의 구호에 불과하다는 것을 깨달았다.

한 사람은 미국에서 한 사람은 소련에서 귀국한 독립투쟁의 두 영웅은 뼈저린 좌절감을 겪을 수밖에 없었다.

북쪽의 김일성 수상과 남쪽의 이승만 대통령의 꿈이 깨지고 목표가 없어진 이상 한국전쟁은 무의미한 전쟁이요, 한반도를 전쟁터로 제공하고 있을 뿐 우리와는 관계없는 전쟁이라는 생각을 석두는 지울 수 없었다.

병사가 되어 무의미한 전쟁의 소모품이 되는 것도 싫지만 전쟁의 노무자가 되어 참호를 파는 것은 더욱 곤란하다고 생각했다. 그러나 염치없이 사돈댁의 식객으로 언제까지 있을 수도 없고 해서 6 · 25전쟁이 일어나기 전에 잠깐 있었던 명륜동의 하숙집에 가보기로 했다.

옥인동 골목을 나와 효자동을 거쳐 내자 아파트가 바라보이는 좁은 자동차 길을 걸어 내려왔다. 저만치 네거리에서 검문을 하고 있는 것 같았다. 석두는 재빨리 통의동 골목길로 해서 중앙청으로 빠져나갈 생각으로 더듬더듬 걸어갔다. 모양이 예쁘다고 할까, 품격이 있는 백송(白松) 나무가 전화(戰禍)를 면하고 의연하게 서 있었다.

'소나무까지 폭격할 필요야 없었겠지.'라고 생각하며 앞으로 나가는데 중앙청 앞으로 통하는 길목에서 한 청년이 급히 걸어왔다. 처음에 두 사람은 경계하듯 살폈으나 서로 비슷한 처지라는 것을 깨닫고 빙그레 웃었다. 서로 뜻하지 않게 치부를 보였을 때의 얄궂은 미소를 주고받았다.

"그쪽에서도 검문해요? 저쪽에서도…."

두 사람은 검문이 풀릴 때까지 골목에 그대로 있을 수밖에 없다는 결론을 내렸다. 청년은 석두보다는 연상이었는데 목사라고 했다. 그는 명륜동까지 가는 것은 밤이라면 몰라도 낮에는 쉽지 않을 거라고 했다. 그는 원서동에서 왔는데 이리저리 피해서 겨우 왔다고 했다. 그가 여기까지 온 것은 미군과 유엔군 장교들 그리고 종군기자들 전용 식당이 내자 아파트에 있는데 거기에 일거리가 없을까 해서 왔다는 것이다. 석두도 내자 아파트에 어떤 시설물이 있는지 궁금해졌다. 장교와 종군기자들을 위한 식당이 있다는데 특히 종군기자들이 드나든다는 점에 흥미를 느꼈다.

전쟁이 끝날 때까지 거기에 몸을 숨길 수 있다면 무슨 일인들 못하겠는가. 외국 기자들과 대화를 나눌 수 있는 기회가 생길지도 모른다.

석두는 젊은 목사를 따라 내자 아파트로 갔다. 경비가 처음에는 안 된다고 했으나 젊은 목사가 어디에서 이름을 알았는지 "써전 부스를 만나러 왔다."고 하자 들어가게 해주었다. 써전 부스를 만나서 무슨 일이든지 할 테니 일을 시켜달라고 사정을 했다. 써전 부스는 써전 니콜라스와 함께 내자 아파트의 장교 식당을 관리하는 특무 상사다. 써전 부스는 우리가 간단한 회화는 할 수 있는 영어 실력을 갖추고 있다는 것을 확인하고 써전 니콜라스와 몇 마디 상의하더니 당장 오늘 저녁부터 웨이터로 일을 하라고 했다.

마침 이용하는 장교와 기자들의 숫자는 늘어나는데 웨이터가 부족해서 곤란했는데 잘되었다고 했다. 웨이터가 하는 일이 석두와 젊은 목사에게 그다지 어려운 일은 아니었다. 메뉴에 있는 음식을 주문받고 가져다주면 그만인데 첫날에는 약간의 혼란이 없지 않았다.

네 명의 웨이터가 음식 주문을 받고 왔다 갔다 하는데 그냥 왔다 갔다 하는 것이 아니라 그곳에도 교통질서가 있다고 할까 동선(動線)이 정해져 있어야지 그렇지 않으면 충돌하고 음식 접시를 떨어트리는 불상사가 일어난다는 것을 안 것이다. 그날 저녁부터 석두와 젊은 목사는 내자 아파트의 삼층에 있는 홀에서 다른 종업원들과 함께 합숙을 했다. 석두는 그동안 인민군 점령하에서는 매일 보리밥만 먹었고 서울에 와서도 결코 잘 먹었다고는 할 수 없었다. 유형의 시골집에서 추어탕을 매일 먹었을 때를 빼고는 전시(戰時)이니까, 비상시국이니까 하고 참아가며 채식 위주의 식생활을 해왔다. 그런데 내자 아파트에 와서부터는 달라졌다. 매일같이 비프스테이크다, 햄버거다, 치즈다, 전시에는 상상할 수도 없는 호화판 음식을 먹을 수 있었다. 유엔 장교나 종군기자들도 내자 아파트에 오는 날은 잘 먹기 위해 오는 날이라고 했다.

석두는 그동안 매일같이 변소에 가서 큰 덩어리를 배설했는데 내자 아파트에 와서는 삼일에 한 번쯤 변소에 가고 그것도 염소똥 같은 적은 덩어리를 배설했다. 채식 위주로 먹다가 갑자기 육식으로 전환하니 변비가 생긴 것이다. 그러나 석두는 변비라고 생각하지 못하고 우리의 채식이나 보리밥은 영양가가 없으니까 흡수될 것이 없어 큰 덩어리의 변으로 배설되고 미국 음식은 영양분이 많아서 다 흡수되니까 염소똥 같은 적은 변으로 배설된다고 생각했다. 변이야 어떻든 석두도 내자 아파트에 와서 얼굴 빛깔이 달라졌다.

유엔군은 후퇴를 거듭한 끝에 서부전선은 임진강을 방어선으로 고정시키는 듯했다. 강원도의 동부전선은 일진일퇴를 거듭했으나 임진강 전선은 소강상태가 지속되었다. 그러나 기자들의 이야기를 들으면 중공군은 쉽사리 임진강 도하작전을 펼 수 있지만 인민군의 전철을 밟지 않기 위해서 이것저것 재고 있다고 또는 임진강이 결빙할 때를 기다리고 있다고도 했다. 그러나저러나 전세는 남쪽이 불리한 것 같았다. 수적으로 절대 우세한 중공군이 대공세를 편다면 또다시 서울을 내주고 후퇴할 수밖에 없다고 했다.

서투른 몇 마디 불어로 친분이 생긴 AFP 통신 기자는 중공군을 막으려면 일본군이 참전을 해야 한다는 말이 있는데 어떻게 생각하느냐고 석두에게 물었다. 석두는 워커 장군이 이승만 대통령에게 일본 자위대의 참전에 대하여 이야기하자 일본군이 이 땅에 오면 우리 군은 공산군보다 일본군하고 싸우겠다고 답했다는 신문기사를 상기했다. 석두는 프랑스 기자에게 이승만 대통령의 일본군에 대한 이러한 정서는 대부분의 국민 정서라고 설명했다. 전쟁이란 그런 것이 아닌데, 하고 프랑스 기자는 한심스러운 표정을 지었다가 국민 정서가 그렇다면 따라야지 하며 헛웃음을 터트렸다. 그만큼 전세가 불리한 것 같았다.

1950년 한 해가 전쟁으로 저물어 가고 있었다.

크리스마스가 왔다. 석두에게는 크리스마스가 별다른 의미가 없었으나 목사님에게는 그렇지 않았다. 그는 새벽에 일어나서 기도를 하고 찬송가를 불렀다. 써전 부스와 니콜라스도 고국에 있는 가족들 생각이 나는지 향수에 젖은 듯 보였다. 밤이 늦어서 한 양공주가 나타났다. 써전 부스와 써전 니콜라스는 서로가 양공주를 차지하려고 앙탈인 것 같았다. 석두와 목사는 3층에서 그 광경을 내려다보고 있었다.

"부스가 차지하면 안 되는데. 니콜라스한테 양보해야지."

니콜라스는 나이가 50이 다 된 것 같았고 부스는 30대 후반으로 보였다. 그러니 당연히 부스가 양보해야 한다는 게 목사님 생각이었다. 그보다도 목사는 써전 부스를 미워했다. 써전 부스는 말끝마다 "지저스 크라이스(Jesus Christ)"라 했다.

"지저스 크라이스트"가 써전 부스에게는 일종의 욕설이랄까, '빌어먹을!' 하는 뉘앙스로 '지저스 크라이스트'를 연발하는 것이다. 목사님은 저 자식이 예수님을 모독한다고 분개했다. 그래서 양공주가 저런 놈을 따라가서는 안 된다고 바랐지만 양공주는 젊은 써전 부스를 따라갔다. 써전 니콜라스는 벽을 치며 슬퍼서 그러는지 화가 나서 그러는지 마치 짐승처럼 울부짖었다.

"저럴 수가. 미국 사람들은 단순해서 저럴까요?" 하고 석두가 말하자 목사님은 "미국 땅을 떠나서 이국 만리 전쟁터에 오니까 반 짐승이 된 거지." 했다. 써전 니콜라스는 아마 크리스마스이브만큼은 쓸쓸히 보내고 싶지 않았던 모양이다.

크리스마스날 점심에 내자 아파트 식당에 자주 오는 리처드 중위가 양 목사를 불렀다. 아무래도 임진강 전선은 무너질 것 같다. 중공군의 총공세가 연내로 있을 것 같은데 유엔군의 작전은 또다시 서울을 내어주고 후퇴할 것 같다고 리처드 중위는 말했다. 그래서 원한다면 양 목사와 석두를 내일이라도 부대가 있는 수원시 남쪽으로 데려다주겠다는 것이다. 양 목사는 전쟁고아 세 아이와 같이 원서동에 있는 아내가 걱정이라고 했다.

리처드 중위는 걱정하지 말라고 했다. 오늘 부대로 돌아가는 길에 부인과 고아들을 안전하게 이동시켜 놓을 테니 내일 오후에 수원으로 내려갈 준비를 하고 기다리라고 했다. 리처드 중위는 양 목사가 전쟁고아 세 아이를 돌보고 있다는 것을 벌써부터 알고 원서동의 고아들을 위해 C-레이션 박스를 전달한 적이 있었다. 석두와 목사는 리처드 중위의 제의를 받아들였다. 서울이 다시 공산군의 수중에 들어가면 어떻게 될지 알 수 없었다. 어디로 후퇴할지, 식당이 해체되면 종업원들의 서울 탈출이 보장될지 알 수 없었다. 이러한 때 리처드 중위의 호의는 하나님의 구원이라고 양 목사는 생각했다.

12월 27일 오후 석두와 양 목사는 리처드 중위의 지프차에 몸을 실었다. 안양으로 해서 역시 1번 국도를 타고 수원으로 내려갔다. 내려가는 도중에 안양을 지나 국도변에 미군 부대가 주둔해 있는 입구에 지프차가 한 대가 세워져 있었다. 리처드 중위의 지프차가 그 지프차 뒤에 멎었다. 한 병사가 그 지프차에 옮겨 타고 발동을 가볍게 걸고 훔쳐 달아났다. 지프차가 달아나자 리처드 중위의 지프차도 그 뒤를 쫓아 급발진했다. 뒤돌아보니 한 흑인 병사가 뛰어나와 팔팔 뛰었다. 같은 미군끼리 지프차를 훔친 것이다. 리처드 중위는 우리 차를 도둑맞았으니까 우리도 훔칠 수밖에 없다고 했다. 임진강 전선이 붕괴한 것은 아니지만 모든 부대가 임박한 전면 후퇴에 대비하고 있었다. 그런 와중에서 각 부대는 저마다 군 장비를 챙기기 위해서 지프차 같은 것을 서로 훔치는지도 모른다.

리처드 중위가 속해 있는 부대는 수원을 지나 오산 방향으로 약 2km 지점에 있었으며 전날 도착한 목사 부인이 고아들 셋과 같이 민가의 한 방을 빌려 놓고 있었다.

방은 네 칸 정도의 골방이었으나 좁은 데로 목사 부부, 고아 셋 그리고 석두 여섯 사람이 동거를 시작했다. 아침, 저녁으로 목사 부부와 고아들은 찬송가를 불렀다.

"그곳은 빛과 사랑이 가득합니다…"

그곳은 빛과 사랑이 가득하다면 반대로 이곳은 어둠과 미움, 증오가 가득하단 말인가? 왜 하나님은 이곳을 빛과 사랑으로 충만시켜주시지 않고 민족을 갈라놓고 싸움의 구렁으로 우리를 몰아넣는가? 석두는 찬송가를 들으며 그런 생각을 했다. 물론 하나님이 꾸민 일이지만 어이없는 일이라고 생각되었다. 왜 그들은 나라를 분단하고 민족을 분열시키고 우리는 잘 모르는 민주주의다, 공산주의다, 자본주의다 해서 왜 싸워야 하는가? 트루먼은 형편없는 나쁜 놈이라는 생각이 들었다. 다 이긴 전쟁을 맥아더 장군을 해임시키고 중공군의 참전을 유도해서 또 한 번 우리를 골탕 먹이고 앞날을 예측할 수 없는 궁지로 몰아넣는가?

김일성으로 하여금 조국 통일의 환상을 갖게 하고 남침을 유도한 것이 트루먼 본인이 아닐지도 모른다. 그러나 이번에 중공군의 참전을 유도한 것은 분명 트루먼이라고 할 수 있다.

장개석의 대만 정부는 본토 수복 작전을 계획하고 있었으나 트루먼은 본토 탈환을 시도하지 말라고 장개석에게 경고하고 장개석의 작전을 봉쇄하기 위하여 미국 7함대를 대만해

협에 들어가도록 명령했다. 또한, 장개석은 3만3천 명의 한국전 파병을 제안했으나 트루먼은 이를 거절했다. 장개석의 대만은 당시 유엔의 회원국이었으므로 당연히 유엔군에 참가할 권리와 의무가 있었으나 트루먼은 이를 거절한 것이다. 이러한 미국의 어이없는 정책은 중국의 한국전 참전을 용이하게 해준 것은 두말할 나위가 없다.

둘째로 만주 폭격뿐이 아니라 만주와 북한을 연결하는 철교나 다리를 공격할 수 없도록 맥아더에게 지침을 내림으로써 중공군은 참전을 하더라도 보급로가 안전하다는 것을 여러 정보를 통하여 알고 있었다.

그들은 트루먼의 일련의 조치에 의해서 안심하고 한국전에 참전할 수 있었다. 중공군의 참전은 한국전의 승패와 행방을 또다시 예측할 수 없는 안개 속으로 끌어들였지만 중공군의 참전을 유도한 것은 다름 아닌 미국의 대통령 트루먼이라는 생각을 석두는 지워버릴 수 없었다. 이러한 상황에서 이승만 대통령의 마음고생은 얼마나 컸겠는가.

6 · 25가 일어나기 전까지는 이승만 박사를 좋아하지 않았다. 민주주의에 대해서 가장 잘 알고 있고 민주주의가 몸에 배어 있어야 하는 그가 민주주의를 외면하고 국회와 대립하며 권력에 집착하는 독재자의 이미지를 지울 수가 없었다.

그러나 6 · 25 전쟁이 일어난 이후의 이승만 대통령의 언동에 민족적 공감이 간다고 생각되었다. '뭉쳐야 산다'는 외침은 6 · 25 전에는 정략적 외침으로 공허하게 들렸지만 6 · 25와 더불어 그의 외침은 민족적 공감대를 형성하며 진실로 메아리쳤다. '북진통일'을 외치는 이승만의 언행에는 진실이 있었다면 3차 대전이 두려워서 유엔군의 손발을 묶고 흥남철수작전, 그리고 서울을 또다시 공산군의 수중에 떨어지게 하는 임진강 전선의 붕괴로 유도한 트루먼의 언행에는 진실이 없다고 석두는 생각했다. 도대체 누구를 위하여 트루먼은 광대의 역할을 하고 있는 것일까?

수원 남방 3km의 마을, 민가의 골방에서 잠자리는 몹시 불편했지만 먹는 것은 궁하지 않았다. 리처드 중위가 갖다 주는 C-레이션 박스, 그밖에 많은 먹거리를 갖다 주고 목사 부인이 그것으로 음식을 만들어 그런대로 먹는 데는 궁하지 않았다. 밥상을 받으면 목사와 목사 부인이 교대로 기도를 드리고 밥을 먹었다.

양 목사는 지금 이 순간 우리 민족에게 가해진 고통과 수난이 하나님이 우리 민족에게 내리신 시련이요, 은혜라고 했다. 석두는 지금 우리가 겪고 있는 고난이 우리 민족에게 내려진 하나의 시련이라는 것은 말이 될 수도 있지만 은혜라는 표현은 말도 안 된다고 생각했다. 말이 되든 안 되든 모든 것을 하나님의 탓으로 하나님의 은혜로 생각한다면 편리하겠다는 생각도 들었다.

석두는 이곳에 내려와서 고민이 생겼다. 부대가 후퇴할 때 부대와 같이 후퇴해서 종군을 할 것인가, 전라도 광주 집으로 돌아갈 것인가, 아니면 양 목사를 따라 부산으로 갈 것인가. 리처드 중위가 소속된 미군 부대에는 미스터 현이라는 친구가 종군하고 있었다. 미스터 현은 양 목사와 석두에게 같이 후퇴해서 종군하자고 권했다. 전쟁이 장기화될 것 같은데 기왕 입대할 거라면 미군 부대에 들어가는 것이 더 편하고 자유롭다는 것이다. 부대는 일단 원주로 후퇴해서 그다음에는 일본으로 가서 낙하산 훈련을 받게 될지도 모른다고 했다.

양 목사는 부대를 따라가지 않겠다고 이미 마음을 굳힌 것 같았다. 목사로서 전투 부대에 참가하는 것이 옳지 않다는 생각과 고아를 돌본다는 사명감이 더 중요하다는 생각으로 미군 부대에 종군하는 것을 단념한 것이다. 그러나 석두는 달랐다. 어디서 군 입대를 강요당할지 모르며 광주 집에 가면 어떤 혐의가 씌워질지 몰랐다. 그렇다고 양 목사를 따라서 부산에 가면 아무런 연고가 없는 객지에서 속수무책일 것 같았다.

석두는 고민 끝에 부모님이 계시는 광주로 내려가기로 결심했다. 미스터 현에게 그 뜻을 전하고 리처드 중위에게도 그동안 도와준 것에 대해 감사하다고 인사하고 부모님이 기다리시는 고향으로 돌아간다고 했다.

1월 2일 북쪽에서 내려온 피난민들이 마을에도 부쩍 늘어났다. 전면 후퇴는 아니라도 부분적으로 유엔군의 후퇴가 시작된 모양이었다. 미스터 현은 여동생이라고 하면서 한 처녀를 데려왔다. 미스터 현의 고향이 담양이라는 것을 그때 처음 알았고 여동생이 있다는 것도 처음 알았다. 여동생은 서울에 있다가 오빠의 도움으로 서울을 미리 빠져나온 것이다.

詩 _ 임진강

임진강에 봄은 오지 않고
겨울이 왔다

임진강이 얼어붙고
얼음이 두터워진다는 소식
소식 아닌 보도였다

'도강작전'과 '인해전술'
꽹과리를 치며 밀려온다고 했다

그리고
'1.4 후퇴'와 '피스톤 작전'
이 땅이 전쟁의 놀이터냐

남향 열차에
우리는 개미처럼 매달려
다라뺐다

– 석두, 1951년 2월

3. 1·4 후퇴와 금지된 장난

1951년 1월 4일 예상한 대로 임진강 전선이 무너지고 유엔군의 후퇴가 시작되었다. 미군 부대는 원주로 이동하고 석두와 목사 일행 여덟 명은 오산으로 걸어갔다. 목포에서 신의주까지 이어진다는 1번 국도에는 후퇴하는 미군 차량이 줄지어 달려와서 피난민들은 논두렁길로 걸어갔다. 일본 제국주의자들이 만들었다는 신작로에는 유엔군의 차량이 줄지어 남하하고 논두렁길에는 흰 빛깔의 옷이 주조를 이룬 피난민의 행렬이 하얗게 남쪽으로 걸어가고 있었다.

이런 광경을 프랑스 영화 「금지된 장난」에서 본 것 같은데…. 그 전쟁 영화의 화면에는 그래도 일종의 서정미가 있었는데 석두가 바라본 그날의 화면은 그저 처참하기만 했다. 모두 말없이 걸었다.

석두와 목사 일행은 오산역에서 피난 열차를 기다렸다. 피난 열차가 수원역을 출발했다는 정보가 있었기 때문에 논두렁으로 걸어오던 많은 피난민들이 역으로 모여들었다. 피난민 열차는 곧 도착했다.

열차에는 가득 탔다기보다 가득 매달려 있었다고 할까 객차의 천장 위에도 하얗게 가득 매달려 있었다. 끼어들 빈자리도 끼어들 빈 공간도 없었다. 그러나 세 명의 고아와 목사 부인은 객차의 입구를 부비고 들어갔다. 미스터 현의 여동생도 부비고 들어갔다. 몸집이 작은 소년은 쉽게 끼어들 수 있었고 여인들에게는 그래도 자리를 내어주는 것 같았다. 그러나 목사와 석두는 이곳저곳 시도했으나 끼어들 여지가 없었다. 기차는 출발의 기적을 울리는데 두 사람은 아직도 기차에 올라타지 못했다.

수원역으로 걸어갔어야 했는데 조금이라도 더 남쪽으로 가자고 오산역으로 내려온 것이 잘못이라고 생각되었다. 양 목사가 저쪽 화차(貨車)로 가보자고 했다. 화차라기보다는 석탄 같은 것을 실은 무개차라서 피난민들이 올라타지 못한 것이다. 석두와 목사는 그 안에 무엇이 적재되어 있는지 확인하지도 않고 지붕이 없는 화물차의 칸막이를 넘어서 화차에 올라탔다.

무개화차에는 수십 마리의 젖소가 실려 있었다. 젖소들은 처음에는 침입자를 경계하듯 두 사람을 멀끔히 쳐다보기만 하는 것 같았는데 기차가 움직이자 마치 두 사람을 내쫓기라도 하려는 듯 뿔을 들어 대고 밀어제쳤다. 젖소가 이렇게 심술궂다는 것을 처음 알았다.

그러나저러나 이 젖소들은 여간 빽이 좋은 놈들이 아니다 이 전쟁의 난리 통에 피난 열차의 무개화차 5량을 독점 배당받고 남하하는 귀하신 몸들인 것이다. 젖소를 기르는 목장 주인은 대단한 빽이 있는 사람이 틀림없지만 젖소가 인간보다 귀하신 몸이라니 말이 안 된다. 석두와 목사는 젖소 칸에서 다시 나올 수도 없고 그래서 젖소들의 공격을 가까스로 방어하며 지탱했다.

겨울 해는 빨간 노을을 아쉬움으로 남기고 금방 기울어졌다. 피난 열차는 서서히 움직였다. 평택역을 지나 얼마 가지 않아 열차가 정차했다. 왜 정차했는지 알 수 없었다. 날이 어두워지자 남하하는 차량도 줄어들었다.

기차선로와 국도와의 거리는 사오백 미터나 되어 보였다. 한 미군의 스리쿼터가 휘발유 드럼통을 싣고 달리고 있는데 거기에 불이 붙었다. 스리쿼터 운전병은 처음에는 불이 붙은 것을 몰랐으나 이윽고 알아차린 듯 차를 세우고 달아나는 것을 볼 수 있었다. 스리쿼터는 금방 화염에 휩싸이고 드럼통의 휘발유가 폭발하는 듯 엄청난 폭음과 함께 화염이 밤하늘에 치솟아 올랐다. 스리쿼터에는 세 개의 휘발유 드럼통이 있었던 모양으로 약 1분 간격으로 폭음과 함께 화염이 하늘 높이 솟아올랐다. 그 불꽃의 열기가 오백 미터나 떨어져 있는 피난 열차에도 화끈하게 감지되었다.

1 · 4 후퇴의 1번 국도상에서 일어난 해프닝이라고 할까. 그들은 '금지된 장난'을 하고 있었다. 장관이었다. 인공적인 불꽃놀이와 비교가 되지 않는 박진감 넘치는 전쟁의 불꽃놀이였다. 석두는 논산과 연산 사이의 1번 국도에서 목격한 후퇴하는 인민군과 빨치산들이 산 중턱에 끝없이 수놓은 봉화가 떠올랐다. 후퇴하는 군대는 어떤 형태로든 불꽃놀이를 하는구나 하고 생각했는데 기차가 움직이기 시작했다.

기차는 여전히 느리게 달렸다. 짐이 없는 사람은 내렸다가 달려와서 다시 탈 수 있을 정도로 느리게 달렸다. 피난 열차가 대전역에 도착한 것은 이튿날 새벽녘이었다. 피난 열차는 피난민을 위해 특별히 운행한 것으로 대전 이남에는 그나마 없었다.

대전역도 석두가 호남선을 타고 서울을 올라다니던 그 옛날의 역이 아니었다. 영화에 나오는 미국 서부 개척 당시의 역사랄까, 그런 하꼬방 같은 역사가 있고 선로는 제멋대로 엉켜 있을 뿐 허허벌판이었다. 피난민들은 서로 가족이나 일행을 챙기느라 아우성이었다. 각기 다른 차량에 탔었으나 석두와 목사님, 목사님 부인과 세 명의 고아 그리고 미스터 현의 여동생 일곱 명은 눈을 부비며 나타났다.

대전에서 석두와 목사님 일행은 헤어지기로 되어 있었다. 목사 일행은 영남으로 석두와 미스터 현의 여동생은 호남으로…. 걸어 가기에는 추풍령을 넘어야 하는 영남보다는 평야지대인 호남이 더 편할 거라는 생각이 들었지만 호남으로 피난을 갔다가 이번에도 중공군이 내려올지도 모르니 부산으로 같이 가자고 목사님은 말했다.

그러나 석두는 이번에는 호남으로 중공군이 내려오지 않을 것을 확신했다. 인민군이 밟은 잘못된 전철을 중공군이 또다시 밟을 까닭이 없다고 생각했다. 그러니 차라리 호남으로 내려가는 것이 어떻겠냐고 석두는 말했으나 양 목사는 그래도 피난을 갈 바에야 부산으로 가는 것이 순리라고 했다.

그러나 양 목사는 고아 셋을 데리고 뚜렷한 연고도 없는 부산으로 간다는 것이 무척 걱정이 되는 것 같았다. 양 목사는 고아 중 한 명을 석두와 미스터 현의 여동생이 데리고 갔으면 했다. 특히 현양은 기독교 신자이니까 고향에 데려가서 돌보아주었으면 했다. 그러나 현양은 불가능하다고 한마디로 거절했다. 담양은 치안도 불안정하고 교회의 활동도 미약해서 불가능하다고 했다. 석두는 난처한 표정으로 그냥 있었다. 양 목사는 한숨을 쉬며 먼저 출발했다. 혹시 기차 편이 있으면 편승할 요량으로 걸어갔다.

석두와 미스 현도 많은 사람들이 걸어가는 길을 따라 1번 국도를 찾아 걸어갔다. 길가의 양쪽에는 노점상들이 쭉 늘어서 있었다. 전쟁의 회오리바람도 왕성한 상혼을 잠재우지는 못하는구나 하는 생각이 들었다. 석두가 저만치 걸어가는데 미스 현이 따라오지 않아 되돌아갔다. 미스 현은 화장품을 사려 흥정하고 있었다. 미스 현은 꽤 비싼 값으로 화장품을 샀다. 이 난리 통에 이 절박한 상황에서 화장품을 사서 뭐하나? 석두는 어이가 없었으나 한편으로는 전쟁과 화장품이 잘 어울린다고 비꼬아 생각하기도 했다. 오후 서너 시가 되어서 논산역에 도착했다.

논산역에는 마치 석두와 미스 현을 기다린 듯이 객차 3량을 단 열차가 출발 준비를 하고 있었다. 역시 피난민 같은 사람들로 초만원이었다. 그러나 오산에서의 피난 열차처럼 사람들이 지붕 위에 매달리지는 않았다. 달리는 속도도 더 빨랐다. 밤 9시경에 이리역에 도착했다. 석두는 하루 사이에 꽤 많이 왔다고 위로하며 오늘 밤을 어떻게 지낼까 하고 궁리를 했다. 역전 가까이에 여관이 있었다. 석두와 미스 현은 아무 말 없이 여관으로 들어갔다. 주머니 사정과 피난민 행렬에 끼어온 형편에 방을 둘 얻을 수 없었다. 방에는 이불과 요가 하나밖에 없었다. 한 이불 속에 처녀와 총각이 함께 자고도 아무 일이 없었다면 오히려 이상하게 생각될 것이라고 석두는 생각했으나 한편으로는 아무런 욕망을 느끼지 않는 자신을 발견하고 마음이 놓이는 것 같았다.

반새 피난 열차를 타고 오고 다시 백 리 길을 걸어와서 기차를 타고 여기까지 왔는데 무슨 욕망인가, 오직 발을 뻗고 누워서 잠들 수 있다면 그 이상은 없는 것이다. 그것보다도 석두는 미스 현에게 약간의 혐오감을 느끼고 있었다. 양 목사가 고아 한 명만 데려가 달라고 간곡히 부탁하는데 냉정하게 단호히 거절한 것과 이 어려운 판국에 화장품을 산 것이 몹시 마음에 안 들었다. 충분히 매력 있는 여인이었지만 호감이 안 간 것이다.

“잠 오죠. 우리 자요. 안심하고 자요.”

하고 석두가 내의만 입고 이불 속으로 들어가면서 어색하게 말했다.

“안심할만한 사람이니까 여관방까지 따라왔지….”

하면서 미스 현도 내의만 입고 이불 속으로 들어왔다.

그래도 석두는 쉽사리 잠들지 않았다. 어느 쪽을 보고 자야 할지 엎치락뒤치락 그러다가 겨우 잠이 들었다. 이튿날 석두가 온몸이 가려워서 몸을 긁적거리며 일어나니 아침 햇살이 창호지를 통해 방 안을 훤히 비춰주고 있었다. 미스 현도 몸을 긁적거리며 일어났다.

두 사람은 동시에 “어메!” 하고 비명을 질렀다. 몸을 긁적거리다 내의를 들춰보니 내의에 이가 하얀 것이다. 석두와 미스 현은 서슴지 않고 윗 내의를 벗어들고 밖으로 뛰어나가 내의에 허옇게 붙어 있는 이를 털었다. 이가 여관 마당에 허옇게 떨어졌다. 이가 어디서 이렇게 많이 나타났단 말인가? 여관방 이불에서? 여관방 이불에 그렇게 많은 이가 있을 리 없다. 피난 열차에서 옮은 것이다. 하루 동안 그렇게 많은 이를 몸에 품고 다녔으나 너무나 긴장해서 지냈기 때문에 가려운지도 모르고 지낸 것이라고 생각되었다. 석두와 미스 현은 열심히 이를 털면서 “이럴 수가”를 연발하며 쑥스러운 웃음을 교환했다.

미스 현이 입을 열었다.

"밤새 신사적으로 대해주어 고마워요."

"뭐 신사적이라기보다 그냥…. 고마워할 것은 없어요."

"내가 화장품 사는 게 못마땅했지요?"

"왜요?"

"다 알아요. 못마땅한 표정으로 나를 노려본 걸. 그래도 내가 화장품을 산 것은…, 고향에 그이가 있어요."

"담양에 애인이 기다리고 있어요?"

"기다리고 있을지, 산에 올라갔을지도 모르지만 하여튼 그를 만나러 갈 생각을 하니까 나도 모르게 화장품을 산 거…, 이해하세요?"

석두는 잠잠히 있었다. 미스 현은 말을 이었다.

"그래서 감사드리는 거예요. 내일을 기약할 수 없는 난리통에 만난 것도 인연인데, 거절할 수 있을지 자신이 없었어요. 그런데 아무 일도 없었으니 떳떳하게 그를 만날 수 있을 것 같아요."

석두는 아무 말도 하지 않았다. 그러나 여인으로서 충분히 매력 있는 미스 현을 찝쩍거리지 않고 하룻밤을 한 이불 속에서 아무 일 없이 지낸 것은 너무나 잘했다고 생각했다.

둘이는 서둘러 이리역으로 나갔다. 이리는 전라선과 호남선이 나누어지는 철도의 요충으로 호남선의 송정리나 전라선의 순천으로 가는 기차가 있을지도 모른다는 기대를 가지고 역으로 갔다. 마침 송정리까지 간다는 화차가 증기를 뿜어내며 출발 준비를 하고 있었다. 무언가 긴급히 수송할 물자가 있어 화차와 화차가 연결된 무개 차량에 짐을 싣고 가는데 그 짐 위에 경호병 몇 사람이 타고 가는데 잘 부탁하면 태워 줄 것이라고 했다.

미스 현이 나서서 책임자와 교섭을 했다. 석두는 저만치 떨어져서 보고 있는데 책임자의 얼굴에 미소가 떠오르는 것이 보여 성공한 것 같다고 생각되었다. 미스 현의 얘기로는 표를 파는 것은 아니지만 표 값에 해당하는 사례를 하면 태워준다고 했다. 공비가 출몰하니 도중에 위험이 따른다는 것이다. 그런 위험을 피해 가려면 애당초 길을 나서지 말아야지 무조건 가는 수밖에 없다고 석두는 생각했다.

열차는 기관차가 뒤에서 무개 화물차 한 량을 앞에 달고 거꾸로 달리는 것처럼 달렸다. 기관차가 후진하는 것처럼 달리고 기관차 뒤쪽에 다섯 명 정도의 경호병이 총을 겨누고 자리 잡았다. 기관차 뒷부분에 연결된 평상시에는 석탄을 실을 것 같은 화차에 짐이 실어 지고 그 위에 스무 명 가량의 민간인이 탔다. 어디서 나타났는지 기차가 출발하려 하자 이곳저곳에서 나타나 짐을 실은 차량에 올라탔다.

만약 공비의 습격을 받는다면 화차의 짐짝 위에 탄 민간인들이 표적이 될 것은 뻔한 일이었다. 기관차와 화차 한 량, 그러니까 기관차가 달리는 것과 다름이 없었다. 기관차는 빠른 속도로 달렸다. 노령산맥을 관통하는 갈재터널을 지날 때는 모두 긴장했다. 전라남북도를 갈라놓는 노령산맥은 빨치산이 많이 출몰했고 통과하는 열차를 습격하는 데도 지형적으로 유리하다고 할까. 그래서 열차 습격이 자주 발생하는 지점이었다. 그러나 갈재터널과 백양사로 가는 사거리역을 무사히 통과했다.

장성과 임곡을 통과하고 이제는 무사히 종점인 송정리까지 다 왔구나 하고 모두들 긴장을 푸는 순간 기관차가 뭔가에 부딪혀 "뺑!" 하는 충돌음과 함께 요란스럽게 흔들렸다. 이제는 죽었구나 했다. 기관차가 급정거를 했다. 기관차가 그렇게 시원스럽게 급정차를 할 수 있다는 게 석두에게는 신기하게 느껴졌다. 조금만 더 달리면 탈선할 것 같아서 공포에 질려 있던 사람들은 일단 기관차가 멎은 것만으로도 다행으로 생각했다. 그러나 이번에는 빨치산의 공격을 겁내서 모두 엎드려 최대한 몸을 낮추었다. 한참 후에 경호병들이 뛰어내렸다.

빨치산은 나타나지 않았다. 기관차가 충돌한 것은 레일 점검반이나 수리반이 치우지 않고 방치한 트레일러였다. 모두들 살았다는 긴 한숨을 내쉬었다. 언제 탈선할지 모르고 그대로 전개되고 있는 한반도의 전쟁이 이 기관차처럼 시원스럽게 급정거를 할 수는 없는 것일까.

석두는 밤길을 걸어 광주 루문동 집으로 돌아왔다. 미스 현과는 언제 헤어진지도 모르게 헤어졌다. 미스 현은 담양 쪽으로 방향을 잡고 잘 가라는 말도 없이 헤어진 것이다.

사라져간 청춘이여 안녕

아홉 명이 모여서 문학을 논하고 동인지를 내자고 모인 구맥회에 전쟁의 회오리바람이 스쳐 간 뒤 세 사람은 떠나가고 여섯 명만 남았다. 보리처럼 소박하게 살며 문학을 하자던 아홉 명의 문학 소년과 소녀가 전쟁의 매서운 회오리바람에 산산조각이 난 것이다. 걸탄은 폐병을 앓으면서 약물치료도 받지 못하고 떠나갔고 서홍(瑞紅)은 도민청을 따라 영암의 월출산에 입산했다가 전사했다는 소문이었다. 문리대 정치외교학과에 진학한 태호는 인민군의 의용군에 입대해서 이북으로 갔다는 소문이 있을 뿐 아무도 행방을 모른다고 했다. 남은 여섯 명이 이튿날 사진관에서 기념사진을 찍고 사진 하단에 구맥의 파편(九麥의 破片)이라고 캡션을 달았다.(36쪽 사진 참조) 그들은 전쟁의 파편으로 살아남은 것 같이 느껴진 것이다. (본문 중에서)

저서 『바람부는 날에도 꽃은 피네』 표지
(1994년 혜화당 刊)

1. 九麥 구맥의 파편

석두는 1.4 후퇴 피난민들에 섞여 수원으로부터 남하한 지 나흘 만에 광주 루문동의 집에 돌아왔다. 어머니만이 집을 지키고 계셨다.

부친은 석두가 서울로 가기 전에 인민군에 끌려가서 군의로 따라다니다가 인민군 대장이 이제부터 북으로 후퇴하니 연로한 군의관은 집으로 돌아가라 해서 돌아왔는데 인민군에 협력했으니 부역했다고 해서 경찰에 끌려가 호되게 얻어맞고 돌아와 그 후유증으로 누워 계셨다. 어머니는 석두에게 꼼짝 말고 집에 있으라 했다. 그러나 석두는 친구들 소식이 궁금했다. 자전거를 타고 서방면에 사는 태규를 찾아갔다. 태규도 집에 처박혀 있었으나 아무 소식도 모른다고 했다. 두 사람은 광주 남산 기슭에 사는 걸탄을 찾아가기로 했다. 걸탄 집을 찾아가니 걸탄의 여동생과 앞집에 사는 시년이 울고 있었다. 걸탄이 바로 전날 밤 세상을 떠난 것이다.

걸탄은 광주서중 교사의 방화범으로 몰려 억울하게 감옥살이를 하고 나왔다. 그 후 폐병을 앓아 광주도립병원에 입원, 치료를 받고 있었는데 전쟁이 일어나 퇴원해서 약도 변변히 쓰지 못하고 각혈을 하며 앓다가 바로 전날 숨을 거두었다는 것이다. 석두가 호가 걸탄인 내진을 만난 것은 인민군이 내려왔을 때 광주서중 교정에서 만나 허방원을 풀어주어 달아나게 해준 적이 있는데 그때가 마지막이었다. 입원 치료를 해야 하는 폐병 환자가 전쟁의 와중에 투병 생활을 하다가 떠난 것이다. 걸탄의 여동생, 그리고 시년은 그냥 울고만 있었다. 걸탄의 노모는 우두커니 앉아 계셨다. 장례를 어떻게 할 것인가, 무덤이라도 찾아야 하는데. 속수무책으로 세 여인이 눈물을 흘리고 있었다. 떠나간 벗의 무덤을 어떻게 할 것인가.

태규와 석두는 광주에서 30리 떨어진 남평(南平)에 살고 있는 소민(素民)을 찾아갔다. 세 사람이 상의 끝에 "우리가 묻어주자"고 합의했다. 시대를 잘못 만나 억울하게 생애를 마감한 친구에게 무덤이라도 마련해주자는 생각이었다. 구맥회(九麥會)의 여자 친구들에게도 연락을 했다.

광주를 상징한다고 할 수 있는 무등산(無等山) 기슭, 광주 시내가 내려다보이는 언덕 위에 무덤자리를 잡았다. 틀림없는 명당자리였다. 다만 누구의 소유지 인지도 모르고 묘를 써도 되는지도 모르는 언덕 위에 무조건 무덤을 판 것이다. 무덤을 쓰고 나니 붉은 겨울의 태양이 먼 서산으로 기울고 있었다. 걸탄의 여동생까지 해서 여섯 명의 젊은 남녀가 눈물을 흘리며 노래를 불렀다. 광주서중의 교가를 부르고 생각나는 대로 합창을 했다. 그들이 정성으로 가꾼 그러나 불법임에 틀림없는 묘를 만들고 친구를 떠나보낸 것이다.

아홉 명이 모여서 문학을 논하고 동인지를 내자고 모인 구맥회에 전쟁의 회오리바람이 스쳐 간 뒤 세 사람은 떠나가고 여섯 명만 남았다.

구맥회(九麥會)라는 이름처럼 소박하게 살며 문학을 하자던 아홉 명의 문학 소년과 소녀가 전쟁의 매서운 회오리바람에 사산주각이 난 것이다. 걸탄은 폐병을 앓으면서 약물치료도 받지 못하고 떠나갔고, 서홍(瑞紅)은 도민청을 따라 영암의 월출산에 입산했다가 전사했다는 소문이었다. 그를 위해 빨치산들이 탄약이 부족한데도 모두 조포를 쏘았다고 했다. 그는 누구를 위해 싸웠는가? 민족을 위해, 또는 인민을 위해 용감히 싸웠다기보다는 그냥 입산을 하게 되었고 강한 성격의 서홍은 총을 잡으면 용감히 싸울 수밖에 없었다. 서홍은 가까운 친척의 외숙이 국군의 헌병사령관이었다. 그러한 가족 환경을 가진 서홍이 유격대의 영웅으로 전사를 하다니 아이러니한 시대의 장난이 아닐 수 없었다.

문리대 정치외교학과에 진학한 태호는 인민군의 의용군에 입대해서 이북으로 갔다는 소문이 있을 뿐 아무도 행방을 모른다고 했다. 태호는 공부를 열심히 하는 모범생으로 매사에 신중한 성격이었다. 정치적으로 의심을 살 데모라도 해야 하는 경우가 되면 서슴지 않고 결석하고 고향으로 내려가 버리는 태호였다. 그러한 태호가 인민군의 의용군으로 자진 입대할 리가 없다. 그러나 소문에는 자진 입대했다는 것이었다. 알 수 없는 일이었다. 하여튼 아홉 명의 구맥회 동인 가운데 세 명이 1950년 시작된 6 · 25 전쟁 1년 사이에 사라진 것이다. 남은 여섯 명이 이튿날 사진관에서 기념사진을 찍고 (남은 사진에는 다섯 명만 있다) 사진 하단에 구맥의 파편(九麥의 破片)이라고 캡션을 달았다. 그들은 전쟁의 파편으로 살아남은 것 같이 느껴진 것이다.

2. 전시연합대학과 부산 캠퍼스

광주에 돌아와서 한 달쯤 지나자 언제나의 일상으로 돌아왔다. 우선 거리에서 불심검문으로 군대에 끌려가는 일은 없어졌다. 그만큼 한국전쟁이 소강상태로 접어든 것이다. 리치웨이 8군 사령관의 피스톤 작전에 중공군이 조심스럽게 후퇴를 시작하는 마당에 결전을 벌이기보다는 현상유지를 하는 것이 그들의 작전이요 정책인 듯싶었다.

김일성의 인민군이 겁 없이 낙동강까지 밀고 갔다가 후반 보급로의 차단으로 고전을 겪다가 맥아더의 인천상륙작전에 지리멸렬(支離滅裂) 북으로 후퇴한 전철을 밟지 않기 위해서 중공군은 신중을 기했다. 이렇듯 전선이 소강상태를 보이자 북진통일을 외치던 이승만도 정신을 차렸다. 대학생들을 전선으로 보내 소모품으로 삼을 것이 아니라 그들에게 학업을 계속하게 해서 대한민국의 미래에 대비해야 한다고 생각했다고 할까? 하여튼 부산, 대구, 광주 등지에 전시연합대학을 설치하고 대학에 재적한 학생들은 학업을 끝낼 때까지 징집을 면제한다고 했다. 석두도 대학생의 신분으로 되돌아왔다. 중앙대학교 국문과 2학년으로 등록하고 전시연합대학에 나가 강의를 듣게 되었다.

전시연합대학에서는 문학을 지향하는 젊은이들이 자연히 어울렸고 조선대학의 교수로 있는 시인 김현승, 희곡과 소설을 쓴다는 장용학, 숙명대 교수를 하다가 광주로 내려와 광주서중 교사가 된 박흡, 개업의이면서 소설가이자 시인 손철 등 선배 문인들과 젊은 문학도들이 자연스럽게 어울렸다. 마침 광주에 피난해온 임정희 여사(시인 박용철의 부인)가 『신문학』과 『시정신』을 발간, 광주의 문인들에게 지면을 제공했다. 전쟁 와중에서도 문학적 창작의 열기는 식지 않았다.

부산에는 전시연합대학 말고도 서울대학교 문리과 대학 등 단과대학도 개교했다. 석두는 중앙대학교 국문과에서 서울대학교 문리대의 불문과로 옮겼다. 할리우드 영화보다는 문학성향이 강한 프랑스 영화의 영향을 받았다고 할까, 그보다도 일본어로 번역된 '보들레르'나 '랭보'의 시를 읽고 벼락치기로 불어 공부를 해서 문리대 불문과에 입학한 것이다.

당시의 문리대 불문과는 정원이 10명이었고, 지원한 학생은 백 명 가까웠으므로 10대 1의 경쟁을 뚫고 들어간 셈이다. 그러니까 50년도에 입학한 열 명, 51년에 입학한 열 명이 구덕동 천막 교실에 모였는데 50년에 입학한 학생은 오상원 한 명밖에 없고 51년 입학생 열 명이 주류라 할 수 있었다. 그 전 입학생들은 통역장교, 문관 등으로 떠나고 불문과 강의실에는 고작 열한두 명이 수강을 했다. 그 가운데 오상원, 박이문, 이일 그리고 석두 네 명의 불문과생과 사학과의 홍사중, 국문과의 김호 등이 모여서 구도(構圖) 동인을 만들었다.

이 구도 동인에는 연세대의 정창범, 이화여대의 허윤숙 등이 참가했으며 광복동의 금강 다방, 휘가로 다방 등을 드나들며 문학을 논하고, 제대로 된 작품을 내놓지 못하면서 기성문단을 우습게 보는 허세를 떨고 다녔다. 그래서 자연스럽게 김동리, 조연현 등 문예지의 원로 또는 기성작가들이 진치고 있는 금강 다방보다는 김경린, 이봉래, 박인환, 김규동 등 후반기(後半期) 동인 시인이 모이는 휘가로 다방에 빈번하게 드나들었다.

석두도 후반기 동인의 시인들을 선배 시인으로 모시고 문예지의 신인 추천제도에는 관심을 보이지 않았으나 광주와 부산을 자주 왕래할 기회가 있어 광주에서 발간되는 『신문학』과 『시정신』을 대구와 부산의 문인들에게 전해드리는 심부름을 하면서 자연스럽게 접근할 수 있었다. 대구에서는 종군 작가단의 부단장으로 있던 시인 구상을 찾아가 새로 나온 『신문학』과 『시정신』을 전해주었고 구상은 석두를 대구에 와 있는 종군 작가단의 문인들과 어울리는 주석에 데리고 갔다.

그 주석에서 석두는 역시 시인 지망의 여대생 혜수를 만났고 혜수는 그 이튿날 종군 작가단 주최로 백선엽 장군이 대장으로 승진하는 축하 모임이 있으니 같이 가자고 했다.

백선엽 장군은 중장(中將)에서 대장으로 승진했는데 우리 국군 최초의 대장, 그러니까 국군의 제1호 대장이 된 것이다. 국군 제1호 대장의 탄생은 뜻있는 일이요, 한국전의 전세를 유리하게 역전시켜가는 데 한국군이 주도적 역할을 하는 계기가 될 것이라며 백선엽 장군의 대장 승진을 축하하는 분위기였다. 그러나 석두는 전쟁과 국군 최초의 대장 탄생에는 관심이 없고 여대생 혜수가 어떤 시를 쓰는가가 관심이었다. 혜수는 부산에 내려가면 구도 동인의 친구들도 소개해달라고 했다. 그러나 혜수는 부산에 오지 않았다. 전쟁의 생리는 그때 그때를 산다고 할까, 순간순간을 놓치지 않으려고 집착할 뿐, 약속이나 내일을 기하는 것은 그냥 해보는 소리였다.

석두는 부산에서는 구도 동인들과 어울리고, 광주에 돌아가서는 광주서중 1~2년 후배인 박성용, 박봉우, 주명영, 정현웅 등과 어울려서 만든 영도(零度) 동인들과 시를 논하며 기세를 올렸다. 석두는 문예지의 신인 추천으로 문단에 등단하는 것은 관심이 없었으나 원로 소설가이자 문예지의 리더 격이었던 김동리를 만나 따라다니며 술좌석에도 자주 갔다. 술을 잘 마시지 못하는 석두는 한구석에 조용히 앉아서 선배 시인들과 소설가들이 주고받는 대화에 귀를 기울였다.

하루는 광복동의 어느 대포집에서 소설가 김동리와 역시 소설가 김내성(金來成)이 논쟁 아닌 논쟁을 시작했다. 대중작가로 많은 독자를 가진 김내성이 김동리에게 불만을 터트렸다. "민족 문학이다, 순수 문학이다 해서 문단을 당신들이 장악하고 있는데 잘못된 것이다. 특히 소설은 독자가 판단해야지 자기들끼리 해 먹는 건 틀려먹었다." 하며 언성을 높이더니 당장이라도 조선일보에 동시에 연재를 해서 독자의 심판을 받자고 김내성은 언성을 높였다. 김동리는 오히려 미소를 지으며 각기 분야나 장르가 다르며 독자층도 다른데 경쟁을 해서 뭐 하느냐고 웃어넘겼다. 그래도 김내성은 분이 안 풀리고 불만스러운 눈치였다.

3. 구도(構圖) 동인과 영도(零度) 동인

석두는 영도 동인지에 시를 기고했고 후반기 동인들의 앤솔로지(anthology)라 할 수 있는 『도시(都市)와 시민들의 합창』에 시 몇 편을 기고했다. 구도 동인들은 여전히 기세만 올릴 뿐, 이렇다 할 동인지 활동을 하지 않았다.

겨울 방학이 되어 광주로 돌아가려는 석두에게 오상원이 반공연맹에서 희곡 모집을 하는데 같이 공동집필을 해서 응모하자고 제의했다. 석두는 현상모집을 하는 주최자가 '반공연맹'이라는 것이 마음에 안 들었고 또한 평소에 희곡을 쓴다고 말을 하고는 다녔지만 솔직히 자신이 없었다. 석두는 이런 저런 핑계를 대고 광주로 되돌아왔다. 오상원은 혼자서 「녹스는 파편」이라는 희곡을 써서 백만 원 현상모집에 응모해 당선되었고, 술을 좋아하는 오상원은 새 학기가 시작되자 동인들을 끌고 다니며 술을 샀다. 술을 잘 하지 못하는 석두는 오상원의 술좌석을 피하느라 진땀을 뺐다. 오상원은 거액의 상금으로 술 마시는데 바빴고, 불문과의 클래스메이트인 장혜경과 연애를 하느라 더욱 바빴다. 오상원의 전성시대라는 느낌이 없지 않았다.

1951년 1 · 4 후퇴로 서울이 중공군과 인민군 수중에 들어갔으나 불과 몇 달 만에 인민군과 중공군은 북으로 후퇴하고 1951년 7월에는 북한군과 유엔군 사이에 휴전 회의가 개최되었다. 북한으로서는 애당초 참전을 꺼렸던 중공군이 절실히 휴전을 원하니 따를 수밖에 없었고, 이승만은 휴전을 반대하고 북진통일을 외쳤지만 역시 미국이 휴전을 원함으로 휴전 회의가 개최될 수밖에 없었다. 휴전 회의는 남쪽을 대표해서는 한국군이 아닌 유엔군이 나섰고 북쪽을 대표해서는 중공군은 뒤로 숨고 북한군이 나선 것이다. 휴전협상은 1951년 7월에 시작해서 1953년 7월 27일 성립되었으므로 무려 2년 동안이나 지루하게 회의를 거듭했다. 휴전협상이 지루하게 진행되는 동안 전선에서는 격전이 거듭되었다. 서로 휴전선 책정에 유리한 고지를 차지하기 위해서 사력을 다한 것이다. 그러나 휴전협상은 쉽사리 성사되지 않았다.

한국전쟁의 실질적 당사자인 미국과 중공이 휴전을 원하는데 왜 휴전협상은 질질 끌려간 것일까? 그 배후에는 스탈린이 있었다. 스탈린은 한국전쟁의 조속한 휴전을 원치 않았다. 스탈린으로서는 한국전쟁은 한민족의 동족상잔의 전쟁도 아니요, 한반도에서의 국지전도 아니었다. 그보다는 위장된 3차 대전, 비록 소련은 참전하지 않았지만 미국을 추종하는 20여 개국이 참전했고 스탈린의 지시를 거역할 수 없는 북한과 중공이 소련을 배경으로 해서 싸우는 3차 세계대전이라 할 수 있었다. 소련은 미국이 한국전에 매달리는 틈새에 동구라파 대부분의 나라를 소련의 영향하에 두기 위해 힘을 썼다. 스탈린이 원하는 대로 소련의 영향력은 확대 되어갔고 거기에 반항하는 소수민족이나 국가는 가차 없이 무력진압을 했다. 그러니 스탈린으로서는 한국전쟁의 조기 휴전을 반대할 수밖에 없었고 스탈린의 동의 없이 한국전쟁의 휴전은 성립될 수 없었다.

한국전쟁의 막후 원흉이라 할 수 있는 스탈린이 1953년 3월에 세상을 떠났다. 스탈린이 사망하자 소련 외상 몰로토프도 한국전쟁의 휴전에 적극적인 자세를 보였다.

그해 1953년 7월 27일, 마침내 유엔군과 북한군은 휴전협정을 성사시켰다. 대한민국의 대통령 이승만은 휴정협정에 반대했지만 유엔군 산하의 한국군은 휴전협정에 동참했다고 할 수 있다.

4. 대학로 캠퍼스와 휴전협정

1 · 4 후퇴로 중공군과 북한군의 수중에 넘어갔던 서울은 불과 두 달여 만에 다시 유엔군에 의해서 수복되었다. 부산의 구덕산 천막 교실에서 강의를 하던 서울대학교 문리대는 대학로의 문리대 캠퍼스로 옮겨왔다.

6 · 25의 인민군 침공으로 부산으로 피난 간 문리대는 1952년 9월, 2년 만에 동숭동 캠퍼스로 되돌아온 것이다. 동숭동 캠퍼스에는 대학 도서실과 연구실이 있고 서울대학교 본부가 있었는데 대학본부는 후퇴하고 수복하는 과정에 미 8군의 사령부가 있었으며, 1951년 겨울에는 미국의 대통령 당선자인 아이젠하워 장군이 이곳에 머물렀다. 미 8군 사령부였던 대학본부가 1952년 가을에는 다시금 상아탑의 기능을 되찾

은 것이다. 그러나 전쟁은 쉽사리 끝날 것 같지 않았다. 휴전 협상은 꾸준히 이어졌으나 전선은 올라갔다, 내려왔다, 일진일퇴(一進一退)의 격전이 벌어지고 있었다.

유리한 휴전선의 고지를 차지하기 위해 한 치의 양보도 없는 혈전이 이어져가고 있었다. 일선에서는 치열한 공방이 이어져가고 있었으나 격전지에서 불과 백여 리밖에 떨어지지 않은 대학 캠퍼스에서는 정상적인 강의가 이루어졌고 시민들도 전쟁의 공포에서 벗어나 평화로운 일상으로 되돌아온 것 같았다. 전선은 일진일퇴를 거듭하고 있었으나 공산군이나 유엔군이나 휴전을 앞두고 지나치게 전진하는 모험은 피한 것이다.

유엔군과 한국군은 동부전선에서 보다 북방으로 밀고 가서 북한군이나 중공군이 서부에서 지나치게 남하하면 후방을 차단당할지도 모른다는 위협을 가했으며, 서부전선에 주력부대를 전개하고 있던 유엔군은 임진강 이북으로 전진할 기세가 전혀 없었다. 휴전협정을 앞두고 작전상 유리한 지점을 선점하려는 전투가 격렬하게 전개되었으나 큰 작전은 서로 피했으므로 전선은 소강상태라 할 수 있었고 따라서 서울을 비롯한 후방에서는 전쟁 와중에 평화를 누리는, 말하자면 위기상황에 길들어 가는 분위기가 감돌았다. 회의만 거듭하면서 2

년 동안 질질 끌어왔던 휴전협상도 스탈린의 사망과 더불어 급진전했다. 스탈린은 휴전을 원치 않았다. 미국의 전략적 관심을 한국에 묶어두고 싶었던 것이다.

1953년 7월 27일 마침내 유엔군과 북한군 사이에 휴전협정이 성립되었다. 이승만은 휴전에 반대했지만 유엔군에 속해 있던 한국군도 휴전에 참가할 수밖에 없었다. 휴전이라는 형식을 취했지만 일단 한국전쟁은 종식을 한 것이다. 중공군은 신속히 북한에서 철수했고, 유엔군에 참가했던 22개 참전국가(전투병은 16개국)의 군대도 휴전감시단만 남기고 철수했으나 미군은 한국군과 연합사령부를 구성하고 잔류했다. 그러나 분단된 휴전선의 감시는 한국군이 떠맡고 미군은 후방에 주둔해서 한국군을 지원하는 역할을 주로 하게 되었다.

한국전쟁은 그 성격이 애매하고 부조리한 전쟁이었다. 혹자는 민족상잔의 동란이라 했고, 혹자는 열강의 대리전쟁이라 했다. 그런가 하면 나를 포함해 위장된 제3차 세계대전이라고 생각하는 사람도 있었다. 하여튼 한반도를 폐허로 만들고 300만 명이 넘는 엄청난 인명피해를 가져온 한국전쟁은 종전 아닌 정전을 맞이한 것이다.

5. 파리 유학

전쟁을 구실삼아 권력에 집착했던 이승만 대통령도 대한민국의 미래를 생각하지 않을 수 없었다. 폐허가 된 한반도, 거기에 전쟁으로 치명타를 입은 두 정권이 공존하며 경쟁을 해야 하는 현실에 직면한 것이다.

이승만 대통령은 일제로부터 해방되어 얼마 되지 않아 다시 전쟁을 맞이한 청소년들에게 제대로 교육을 받게 하고 미래의 인재를 길러야 한다고 생각했다. 선진 국가라 할 수 있는 미국과 구라파에 병역을 치르지 않은 학생들에게 병역을 보류하고 해외 유학의 길을 열어주었다. 단 유학검정시험을 치르게 하고 시험에 합격한 사람에게는 출국 시에 6백 불, 그리고 매월 140불을 환전해서 송금할 수 있게 했다.

연간 수출액이 1백만 불이 채 되지 않고 외화보유액이 거의 없다 해도 과언이 아닌 외환 사정과 암달러 시세가 공정환율의 배가 넘던 외환 사정을 고려할 때 해외유학생에게 주어진 혜택은 각별한 정책적 뒷받침 없이는 불가능한 조치였다.

불문과의 구도 동인이었던 석두는 1956년 봄 영화공부를 한다고 프랑스 파리로 떠났고, 이어서 같은 이유로 이일이 파리로 왔으며 박이문도 불문학을 공부한다며 뒤늦게 파리에 왔다.

석두는 여의도의 비행장이라기보다는 그냥 황량한 들판 같은 비행장에서 KNA의 프로펠러 비행기를 타고 동경으로 건너가 다시 동경에서 미국 비행기 팬암(Pan Am)으로 바꿔 탔다. 팬암의 미국 여객기는 2차 대전 중 일본과 독일을 초토화시킨 그 유명한 폭격기 B29를 개조한 것 같았다. 석두를 태운 팬암 여객기는 동경을 출발해서 홍콩, 테헤란, 베이루트, 로마에 기착했다가 파리에 도착했다. 주유 등을 위해 여러 군데의 공항에 기착한 때문에 만 이틀이 걸려서 파리에 도착했다.

베이루트에서는 베이루트 공항에서 멀지 않은 비잔틴 유적지를 벼락치기로 관광시켜 주었으며 로마에서는 공항의 야외 커피숍에서 커피를 마실 수 있었다. 에스프레소 커피를 처음 마신 석두는 '이태리는 커피에도 인색하다'고 생각했다. 웬 커피잔이 그렇게 작은가?

석두는 그런 생각을 하면서 한국으로 엽서를 쓰고 있었다. 로마공항은 아직 제대로 건축되지 않고 허허벌판이라는 느낌이었고 그래서 야외 커피숍에서 커피를 마시고 있었는데 파일럿이 찾아와서 빨리 비행기를 안 타고 뭐하느냐고 재촉했다. 석두는 기장을 따라 비행기에 탔다. 다른 승객들은 다 자리 잡고 기다리고 있었다. 빨리 비행기를 타라고 여러 번 방송했는데 석두는 알아듣지 못하고 한가로이 고국으로 엽서를 쓰고 있었던 것이다.

파리는 석두를 실망시키지 않았다. 전후 10년이 흘렀는데도 경제적으로는 넉넉하지 못했으나 파리의 공기는 서울의 공기와는 완전히 다르다고 생각되었다.

자유를 숨 쉬는 공기는 통행금지 시간이다, 반공법이다, 그리고 일제의 잔재인 허구한 금지 관행 속에서 숨 쉬는 고국의 공기와는 그 무게가 달랐다. 파리의 공기와 서울의 공기는 산소나 화학적 수치는 비슷할지 모르지만 정신적 수치가 달랐던 것이다. 출구 없는 지하실의 공기와 참새들이 자유로이 나

파리 유학을 떠나기 전 석두의 부모님과 형님 동생이 한자리에 모였다.

는 하늘의 공기가 다르듯이 서울과 파리의 공기는 다르다고 생각되었다. 더욱이 석두의 관심 분야였던 연극이나 영화 분야에 있어 파리는 여전히 세계 문화 예술의 중심도시였다. 미술 분야에 있어서도 피카소와 베르나르 뷔페(Bernard Buffet) 등의 활약으로, 또 2차 대전 이후 세계 경제의 종주국이 된 미국 경제의 힘을 배경으로 뉴욕이 세계 문화 예술의 중심도시로 떠오르고 있었으나 아직은 파리가 뒤지지 않고 앞서간

파리 유학을 떠날 때 서울 여의도공항에 전송나온 친구들과 함께(1956년)

다는 느낌이었다.

영화는 2차 대전 이후 빅토리오 데시카(De Sica Vittorio) 감독의 「자전거도둑」, 로베르토 로셀리니(Roberto Rossellini) 감독의 「무방비 도시」 등의 이른바 네오 리얼리즘의 이태리 영화가 주목을 받았으나 1950년대 후반에는 알랭 레네(Alain Resnais), 장뤽 고다르(Jean Godard), 프랑수아 트뤼포(François Truffaut) 등 이른바 프랑스의 누벨바그(Nouvelle Vague)가 예술영화의 세계적 주류로 등장했다. 미국의 할리우드는 상업적인 면에서는 세계의 영화흥행을 주도했으나, 예술적인 면에서는 이태리, 프랑스, 독일, 스웨덴, 영국 등 구라파 영화가 주도했다고 볼 수 있으며 파리는 그 중심지 역할을 하고 있었다.

영화의 관객운동이라 할 수 있는 '씨네 클럽' 운동과 시네마테크로 대표되는 꾸준한 필름 라이브러리 운동은 영화를 단순한 흥행이나 오락으로서가 아니라 20세기의 새로운 영상문화로 자리매김해가고 있다고 볼 수 있었다. 영화에 못지않게 연극도 파리가 세계적 중심도시라는 명성을 잃지 않고 있었다.

이젠 이오네스코(Eugene Ionesco), 사무엘 베케트(Samuel

파리 유학시절 소르본대학 캠퍼스에서(1958년)

Beckett), 베르톨트 브레히트(Bertolt Brecht) 등 이른바 반 사실주의적 새로운 작가들의 작품이 활발히 공연되고, 파리시와 정부가 공동주최 해 세계공연예술제(Théâtre des nations)를 개최함으로써 희랍극, 페킹 오페라, 심지어 한국의 창극 춘향전까지 선보임으로써 세계 공연예술의 수도는 여전히 파리라는 주장이 어색하지 않았다.

석두는 이러한 예술적 환경 속에서 바빴다. 영화대학(IDHEC)에 입학했으나 자퇴원서를 냈다. 강의를 듣는 시간마저도 아깝게 생각되었다. 시네마테크에서 매일같이 영화를 두서너 편 보고 화제의 연극공연을 빠지지 않고 보려면 바빴던 것이다.

그래서 이뎃크를 그만두고 비교적 시간이 자유로운 소르본대학의 영화학연구소(Institute de Filmologie)와 현대 불문학 강좌만 수강하고 영화와 공연을 보는 데 주력했다. 연극이나 영화를 열심히 보러다님으로써 여자 친구를 사귀는 데도 궁하지 않았다. 프랑스 여대생이나 외국 유학생들이 연극이나 영화를 같이 보러 가자고 하면 거절하는 적이 거의 없었다.

그렇게 해서 사귄 여자 친구 가운데는 석두를 당황하게 하는 친구도 없지 않았다. 로마에서 온 이태리 여자 친구는 "너는 나의 열아홉 번째 남자 친구야." "열아홉 번째라고, 그러면…?" "오해하지 마, 입만 맞춘 거니까…" "나는 파시스트야." "파시스트라고? 파시스트는 나쁜 놈들이야. 파시스트라고 공언하고 다니지 마." "아니야 나는 파시스트야." 이런 엉뚱한 이태리 여학생이 있는가 하면, 어느 프랑스 여자 친구는 "나는 공산주의자야." 하고 서슴지 않고 공언하고 다녔다. '공산주의자와 접촉하고 다니면 안 되는데.' 그러나 그들이 '위험인물'로 느껴지지 않았다.

자유의 의미와 자유의 한계가 달랐다. 대한민국 서울에서는 50프로의 자유를 누리고 있다면 프랑스의 시민들은 99프로의 자유를 누리고 있는 것으로 느껴졌다. 석두는 때로는 당황하고 때로는 헷갈렸다. 그러나 몇 달 시간이 흐르자 석두도 그 자유에 익숙해지기 시작했다.

파리에는 공사관 직원과 유학생, 신부님과 수녀님들 합쳐서 한국인이 70여 명 있었다. 유학생들 20~30명이 주말이면 뤽상부르 공원에 모였다. 뤽상부르 공원은 공짜로 앉을 수 있는 벤치도 있고 해서 돈 들이지 않고 모일 수 있는 유일한 장소라고 할 수 있었다. 140불이 한 달에 송금받을 수 있는 한도라서 모두들 주머니 사정이 좋지 않았다. 대개가 불문학, 정치학, 법학 공부를 하겠다고 파리에 온 유학생들로 석두

파리 유학시절 의대생이었던 프랑스 친구와 파리에서 사귄 이태리 여자 친구 '도나텔레'와 함께 로마에서(1957년)

와 같이 영화나 예술 분야 공부를 하겠다고 온 유학생은 찾아볼 수 없었다.

뤽상부르 공원에 모이는 한인 유학생들 가운데 음악가 윤이상이 있었다. 윤이상은 유학생이라 하기에는 나이가 많은 편으로 작곡을 한다고 했다. 윤이상은 구라파에 싹 트고 있는 새로운 음악을 연구하고 한국의 전통음악이 기반이 되는 새로운 음악을 작곡하겠다고 기염을 토했다. 그는 파리에 머물다가 독일로 넘어가겠다고 했다.

뤽상부르 공원에 인접한 류다사스(rue d'Asas)에 수화 김환기 화백이 부인 김향안 여사와 함께 아담한 아틀리에를 빌려 작업을 하고 계셨다. 파리 미술학교와 인접한 류다사스의 화랑에서 수화의 개인전이 열렸고, 거기에서 만난 것이 인연이 되어 석두는 파리대학에서 정치학 박사학위를 준비 중인 정성배, 상과대학을 졸업하고 파리로 경제학 공부를 하러 왔으나 경제학보다는 미술에 더 관심을 갖게 된 유준상, 슈안스포에서 역시 정치학을 공부하는 김명환 등 서너 명과 어울려서 김환기 화백의 아틀리에를 자주 찾아갔다.

김 화백의 아틀리에에 가면 좀 염치는 없지만 김향안 여사가 준비해주는 고향 음식을 먹을 수 있고, 현대미술과 예술에 대해서 많은 얘기를 들을 수 있어서 그들은 자주 김환기 화백을 찾아간 것이다. 김환기 화백을 중심으로 해서 화제는 으레 밤늦게까지 이어졌고 마지막에는 고향 음식 얘기로 막을 내렸다.

하루는 고향 음식 얘기를 하다가 흑산도의 홍어 얘기가 나왔다. 다도해 신안 출신인 수화는 홍어 맛을 떠올리며 향수에 젖었다. 정성배가 생제르맹의 시장에 가면 홍어가 있을지도 모른다고 했다. 이튿날 정성배와 수화 그리고 석두 세 사람은 생제르맹 데 프래의 시장에 가서 홍어를 발견하고 한 마리를 사 들고 의기양양해서 왔다. 김향안 여사의 솜씨가 가미되면 맛있는 홍어회가 나오리라고 기대에 부풀었다.

그러나 프랑스 수산시장의 홍어는 흑산도의 홍어와는 전혀 달랐다. 질겨서 횟감으로는 도저히 먹을 수 없고 익혀도 먹을 수 있을지 의심스러웠다. 모양은 흑산도 홍어와 꼭 닮았는데 그렇게 다를 수 있을까. 모두 실망했다. 그러나 풍토가 다르면 문화가 다르듯이 음식 맛도 다르다는 것을 새삼 확인한 것이다.

파리에 유학 온 지 2년 차 되던 해, 동랑(東朗) 유치진 선생이 부인과 동반해서 파리에 왔다. 동랑과 석두의 인연은 동숭동의 문리대 캠퍼스에서 동랑의 희곡론 강의를 수강한 데서 출발하지만 그보다도 반공연맹의 희곡 현상모집에서 당선한 오상원이 그때 심사위원장이었던 동랑에게 석두 얘기를 과장해서 했기 때문에 파리에 한 달 머무를 예정이었던 동랑은 석두에게 안내를 부탁해온 것이다. 동랑이 원하는 파리에서의 활동은 연극인들을 만나고 극장을 방문하는 것이다. 그러한 일은 석두의 관심사와도 일치했다.

동랑은 파리의 유네스코에 본부가 있는 국제극예술협회

(International Theatre Institute) 약칭 ITI의 본부를 방문하자고 했다. 동랑은 ITI의 한국본부를 만들었으면 한 것이다.

동랑은 1957년에 유네스코의 ITI 본부를 방문, ITI 한국본부의 발족과 가입 의사를 표명했고 1958년에는 유치진과 오영진이 한국대표로 헬싱키 총회에 참가했다. 석두는 총회에는 참가하지 못했지만 그 중간 심부름을 했다. 그동안 한국연극이 일본을 통해서 서구 연극을 받아들였다면 ITI 가입 등을 계기로 서구 연극을 직접 만나고 교류하는 계기가 되었다.

詩 _ 부근

안국동 로타리를 지나
석양에 물든 붉은 벽돌에
부착된 쪽지를 읽었다.
'이 부근 배회 금지'

어리벙벙 주위를 살피고
나도 모르게 발길이 빨라졌다.
이곳을 그냥 통행했을 뿐
이건 배회가 아니다
그렇게 나는 속으로 외쳤다

오래된 동굴의 암흑에의 집착
아니면 어떤 기밀을 위해
어느 부근을 배회하는 것이냐

국적 없는 편의대(便衣隊)*

시인(詩人)이여

고단한 눈시울에 밤은 광석(鑛石)처럼 얹히고

영원한 부재(不在)의 변두리와 같은 나의 부근에

어쩌다 자라난 한그루 수목

그날 밤 이미 죽지를 꺾인 비둘기처럼

나의 손은 그대로 백지(白紙)의 부근에 놓여있었다.

– 석두, 1953년 6월

* 편의대(便衣隊) : 상인, 농민 등의 평상복 차림으로 위장한 군인

No. 7장

에필로그

석두는 생각했다. 나는 무엇이 되어 돌아온 것인가. 나는 파시스트라고 서슴지 않고 말하는 이태리 처녀나, 나는 공산당이라고 서슴지 않고 말하는 프랑스의 여대생처럼 떳떳이 나를 내세울 신념이 없었다. 여전히 회색분자로 귀국하는구나 하는 생각이 들었다. 귀국선의 라오스 선상에서 베트남 청년을 만났다. 그는 사이공에서 하선했는데 정치적 신념을 갖고 귀국하는 것 같았다. (본문 중에서)

석두는 삼형제였다. 형님, 동생과 함께 광주 증심사에서(1946년)

1. 귀국하는 극동 항로

석두는 전쟁이라는 엄청난 재앙에서 살아남은 것만 해도 하나의 기적인데 파리에 유학을 오고 한국에서는 볼 수 없었던 영화와 연극을 볼 수 있었다는 것이 꿈만 같았다. 파리 체류 4년째 되는 겨울, 귀국을 종용하는 어머니 편지를 받았다. 한국영화계가 활기를 띠고 있으니 빨리 돌아와서 하고 싶은 일을 하는 것이 어떻겠냐는 어머니의 말씀이었다. 석두는 귀국을 결심했다. 귀국하라고 보내온 비행기 표를 바꿔서 프랑스의 마르세유에서 일본의 요코하마에 이르는 이른바 극동(極東) 항로의 귀국선에 몸을 실었다. 베트남, 캄보디아, 라오스, 이른바 인도차이나에 식민지를 갖고 있던 프랑스는 베트남, 라오스, 캄보디아로 이름을 붙인 세 척의 화물선 겸 여객선을 극동항로에 운영하고 있었다. 석두는 그중 하나인 라오스에 몸을 실었다. 지중해를 횡단(橫斷), 수에즈 운하를 통과하고 홍해를 거쳐 인도양을 횡단하고 싱가포르와 사이공을 거쳐 다시 마닐라에 기항했다. 홍콩을 거쳐 남지나해를 횡단하여 일본의 고베항에 이르는 한 달 간의 항해였다.

석두는 생각했다. 나는 무엇이 되어 돌아온 것인가. 나는 파시스트라고 서슴지 않고 말하는 이태리 처녀나, 나는 공산당이라고 서슴지 않고 말하는 프랑스의 여대생처럼 떳떳이 나를 내세울 신념이 없었다. 여전히 회색분자로 귀국하는구나 하는 생각이 들었다. 귀국선의 라오스 선상에서 베트남 청년을 만났다. 그는 사이공에서 하선했는데 정치적 신념을 갖고 귀국하는 것 같았다. 같은 선실을 쓴 미국 청년은 권총을 가슴에 차고 있었다. 미국의 정보기관에서 일하는 것 같았다. 그는 석두를 오히려 부러워했다.

"너는 좋겠다. 네 나라는 단일 민족이잖아"

"단일 민족이면 뭘 하냐? 분단국가로 나누어져 서로 대치하고 있는데…"

"단일 민족이면 그래도 희망이 있다. 우리는 다수민족, 인종차별, 골치 아프다."

세계에서 가장 잘 산다는 미국 청년도 그 나름대로 고민이 있는 것 같았다. 그 자신이 인종차별주의자이면 더욱 골치 아플 수밖에 없었다.

'나는 무엇이 되어 돌아온 것인가, 무엇이 되어 귀국선에 승선한 것인가…. 나는 여전히 회색분자에 불과하다'는 생각이 들어 쓴웃음을 지었다. 석두는 무엇보다도 살아남기 위해서 양쪽 진영이 싫어하는 '회색분자'인 자기 자신을 발견했다. 살아남기 위한 위장으로 회색분자이기도 했지만 그보다도 좌우 어느 한쪽의 신념을 가질 수 없어서 회색분자이기도 했다. '어느 쪽에도 편들고 싶지 않다. 그래서 나는 회색분자로 만족한다.' 이런저런 생각 속에서 석두는 한 달간의 항해를 끝내고 고베(神戸)항에서 하선했다.

교토(京都)에서 이틀간 관광을 하고 도쿄(東京)로 가는 신칸센(新幹線) 기차를 탔다. 사이공에서 산 베트남 모자를 쓴 석두에게 순회공연하는 예인(藝人)이냐고 묻는 사람도 있었다. 석두를 일본 사람으로 본 것이다. 석두는 미소만 지었다. 기모노 차림의 한 여인이 석두 옆에 앉았다. 대뜸 여인은 석두에게 쿠니(나라)가 어디냐고 물었다. 석두는 한국 사람이라고 답했다. 여인은 "그건 알겠는데 쿠니, 그러니까 남과 북, 경상도냐, 전라도냐"고 물었다. 석두는 순간 당황했다. "남쪽입니다. 전라도 경상도 서울 다 살아봤으니까 고향은 남쪽입니다." 하니 여인이 웃었다. 여인은 일본 기모노를 입고 있었는데 일본 여인이 아니고 재일교포였다. 석두의 일본말을 듣고 조선 사람인 것은 금방 알아봤는데 고향은 애매해서 물어봤다는 것이다. 여인은 대개 일본말 악센트를 들으면 남쪽인지 북쪽인지, 경상도인지 전라도인지 금방 아는데 석두의 일본말 악센트는 묘한 악센트라고 했다. 일본 가고시마의 악센트 같기도 하고 그래서 남쪽인지 북쪽인지 애매하고, 그런가 하면 경상도 같기도 하고 전라도 같기도 해서 물어봤다는 것이다.

석두는 미소를 지었다. 내심 '회색분자의 일본말 악센트를 어떻게 알아보겠느냐?' 하여튼 석두는 일본의 신칸센 기차 안에서 일본 기모노를 입은 동포 여인을 만나서 반갑다고 생각했다. 그러나 석두는 경계심을 늦추지 않았다. '어느 쪽인가?' 여인은 도쿄에서 또 만나자고 했다.

한편 석두는 슬픈 생각이 들었다. 이제 20대 후반 30대에 가까워지는데 대체 나는 어디에 뿌리를 두고 방황하고 있는 것인가. 일본 식민지 시대 15년, 중학교 2학년에 해방이 되어 분단국가의 좌우갈등과 6 · 25 전쟁과 대학 시절 10년, 그리고 프랑스 유학의 자유로운 시절 4년, 만 28년의 생애, 어쩌면 마지막 청춘을 끝맺음하고 있는데 이국땅에서 우연히 만난 동포 여인을 경계해야 하는가…. 석두는 여인을 다시 만나지 않았다.

2. 녹슨 전쟁의 파편

1959년 2월에 석두는 귀국했다. 그해 3월에 중앙대학교에 4년제 대학으로는 처음으로 연극영화과가 신설되었다. 중앙대학교 문리과대학에 연극영화과가 신설된 것이다. 당시 중앙대 문리과대학 학장이었던 백철(白鐵) 선생은 학과는 신설되었으나 정규대학에 연극영화과가 생긴 것은 처음이라 누구를 강사진으로 초빙할지 몰랐다.

문학평론가이자 중앙대 문리대 학장이었던 백철 교수는 연극계의 원로라고 할 수 있는 유치진(柳致眞) 씨에게 좋은 사람있으면 추천해달라고 부탁했다. 유치진 선생은 석두를 추천했고, 그래서 중앙대학교의 전임강사로 강의를 하게 되었다. 중앙대 문리대의 연극영화과는 예상한 대로 폭발적인 인기가 있었다. 신설되는 학과에 20대 1 이상의 경쟁률이었다. 석두가 처음 맡은 강좌는 '연극영화개론'이었다.

그는 대학에서 영화 강의를 하고 동인제 극단인 '민중극장', '자유극장'에 참여해서 열심히 연출 작업을 했다. 그 사이에도 4 · 19와 5 · 16의 커다란 정치적 · 사회적 변동을 겪었으나 대학의 상아탑에 안주하는 회색분자로 살아갔다. 그런 가운데 동백림사건이 터지고 6 · 25 직전에 월북한 김용구가 간첩으로 내려온 흑산도 간첩 사건이 일어났다. 석두와 같은 시기에 파리에 유학한 친구들은 대부분 연루되거나 중정 분실에 끌려가 호되게 얻어맞고 나왔으나 석두는 무사했다.

동백림사건과 연루된 친구들과 술을 마신 친구들은 "누구 만났어. 이름을 대!" 중정의 조사에서 이름이 나와 연행되어 호되게 얻어맞고 나왔지만 석두는 술을 같이 마신 적이 없기 때문에 만난 적은 있어도 거명되지 않았는지도 모른다. 김용구도 석두의 이름을 거명하지 않았다. 같은 야구부의 김양중만 자주 중정에 불려갔고 김용구도 양중에게 속마음을 얘기했다.

사리원대학의 부학장으로 있던 김용구는 평양 중앙당의 호출을 받아 평양으로 가기 위해 사리원역에 나왔다. 갑작스런 중앙당의 호출이 내려오자 용구의 아내는 조용히 눈물을 흘렸다. 왜 우느냐는 용구의 물음에 대답하지는 않고 용구의 아내는 하염없이 눈물을 흘렸다. 용구의 아내는 노동당 여맹의 간부 출신으로 용구와의 결혼도 5년 전에 당에서 주선해서 이루어진 것으로 용구와의 사이에 다섯 살과 세 살 남매 두 아이를 가졌다. 당원 출신인 용구의 아내는 중앙당의 갑작스런 호출이 무엇을 의미하는지 잘 알고 있었다.

틀림없이 남파 작전에 투입될 것이고, 그렇게 되면 영원한 이별을 감수해야 한다는 생각에 하염없이 눈물을 흘린 것이다. "왜 호출하는지 무슨 새로운 임무가 주어질지 모르는데 왜 울어요?" 하고 용구는 아내를 나무랐지만 아내는 말없이 눈물만 흘렸다. 아내의 눈물 바람을 보고 집을 나선 용구는 마음이 어수선했다. 평양행 기차를 타기 위해 플랫폼으로 걸어나가는데 누가 뒤에서 "용구 동무!" 하고 부르는 소리가 들렸다. 용구는 뒤를 돌아보고 깜짝 놀랐다.

"아니 동무는?"

"그래 나 태호야, 신태호."

"아니 동무가 여기에?"

"용구 동무를 만나려고 사리원대학에 가는 중인데 여기서 이렇게 만날 줄은 몰랐어."

“나는 평양에 호출되어 가는 중인데.”

“잘 됐어, 여기서 이렇게 만나서. 동무한테 부탁이 있어서 온 것인데, 이렇게 만났으니 내 모든 사정을 여기 썼으니 동무한테 부탁하네.”

“아니 무슨 부탁인데….”

“읽어 보면 알아, 동무만 믿네.”

그러자 평양으로 가는 기차가 도착해서 용구는 기차에 올라탔다. 용구와 같은 반은 아니었지만 반의 급장이었고 매사에 신중하고 몸조심하는 태호가 왜 북녘땅에서 초라한 모습으로 나타나 무엇을 부탁한다는 말인가. 용구는 평양 가는 기차 안에서 태호의 편지를 읽었다. 깨알 같은 글자로 지면을 꽉 채운 편지는 용구에게 간절하게 부탁한다고 할까, 호소하는 내용이었다.

구맥회 문학 서클의 동인이었던 태호는 서울대 문리대 정치학과에 진학했다. 정치에 관심이 없고 공부만 열심히 하고 문학에 관심이 있던 태호가 문리대 정치학과에 진학한 것은 분단된 민족의 통일 정부를 세우는 데 역할을 할 수 있다고 생각했기 때문이었다. 인민군이 서울을 점령했을 때 자진해서 의용군에 가담한 것은 남쪽에서 정치학 공부의 꿈을 못 이루면 북쪽에 가서 김일성대학에서 정치학 공부를 하면 된다는 생각이었다.

그러나 정전이 되고 의용군에서 살아남은 남반부 출신들은 대부분 광부로 노동을 하고 있으며 태호도 그 광부의 한 사람이라고 했다. 광산에서 노동을 하는 것보다 정치학을 공부해서 국가와 민족의 미래를 위해 김일성대학에 들어가 정치학과 혁명 이론을 공부하고 싶다. 그러나 남반부에서의 투쟁 경력이 없는 태호의 소원은 아무도 들어주지 않았다.

그러니 당원이자 사리원대학의 부학장인 동무가 당원으로 추천해주면 길이 열릴 수도 있지 않겠느냐, 제발 동창생 하나 살려 달라. 태호의 편지에는 구구절절 간절한 호소와 꿈이 있었다. 그러나 용구로서는 태호의 간절한 호소를 받아들일 수 있는 입장이 아니었다. 중앙당의 용구에 대한 지령은 예상한 대로 남반부에 내려가 당의 새로운 세포를 만들고 돌아오라는 것이었으며 그러기 위해서 일주일 동안 암호와 연락망 등에 관한 특별 교육을 받고 즉시 떠나라는 명령이었다. 조용히 눈물만 흘리던 아내와 어린애들도 보지 못하고 당장 떠나야 하는 용구에게 태호의 소원을 들어줄 겨를이 없었다.

용구는 소형 쾌속정으로 남하, 흑산도에 쉽게 상륙할 수 있었고 목포항을 거쳐 광주까지 침투할 수 있었다. 그러나 광주의 허름한 호텔에 투숙한 김용구는 남반부의 분위기가 북한에서 생각했던 것과는 많이 다르다는 것을 느꼈다. 중앙당에서 지령받은 접선 대상의 인물들을 과연 만날 수 있을까, 만난다고 해도 기대했던 호응을 얻을 수 있을까 하는 의구심을 감각적으로 느낀 것이다. 섣불리 움직이면 안 된다고 느꼈다. 그리고 호텔 보이에게 신문을 사다 달라고 5천 원권 한 장을 주었다. 보이는 의아스러운 표정을 지으며 용구를 쳐다봤다. 순간 용구는 내가 뭔가 잘못했나 하고 생각했으나 보이는 잠잠히 나갔다. 그러나 돌아온 보이는 혼자가 아니었다. 몇 명의 중앙정보부 광주 파견 요원이 들이닥친 것이다. 용구는 저항하지 않고 순순히 그들을 따라갔다. 그리고 수감되었다.

용구는 조사관에게 묵비권을 행사하고 정보부의 부장이 오면 입을 열겠다고 했다. 수사관에게 자기가 거물 간첩임을 은근히 내비쳤다. 용구는 뭐가 됐든 당당히 처신해야 하고 어느 한쪽의 희생물이 되지 않아야겠다고 생각했다. 용구는 사리원에 두고 온 아내와 어린애들 생각이 났지만 그보다도 사리원 역에서 만난 태호와 그가 깨알 같은 글씨로 쓴 애절한 편지 생각을 떼어버릴 수가 없었다. 미래가 창창한 정치학도 태호가 전쟁의 희생양이고 이제는 전쟁의 녹슨 파편이 되어가고 있다면 자신도 태호와 다를 것이 없다고 생각되었다.

용구는 그동안 조국과 민족을 위해 행동하고 있다고 생각하며 청춘을 불살랐다. 그러나 위대한 수령 김일성도 남반부의 이승만과 다를 것 없는 권력 집착형 정치인이며 권력을 지키기 위해 수단과 방법을 가리지 않는 위인이며 민족과 인민을 위한다는 것은 권력을 지키기 위한 구호에 지나지 않는다는 것을 새삼 확인한 것 같았다.

그 권력의 후광을 좇아 영웅적 투쟁을 한다는 것이 무슨 의미가 있는가, 어느 쪽의 권력에 이용되든 간에 민족의 미래를 위해 긍정적으로 이용된다면 보람 있는 일이다. 이런저런 생각을 하며 용구는 정보부장을 만나게 해달라고 버텼다.

용구는 정보부의 부장을 만나지는 못했지만 차장급의 고위인사를 만났고 전향했다. 왜 간첩이 암호 수첩이 없느냐고 수사관은 따졌지만 용구는 수첩 없이도 정확한 암호를 기억하고 있다는 것을 증명하고 대북방송에 적극 협력했으며, 정보당국의 권유로 두 번째 결혼도 했다. 남북에 이산가족을 만드는 것이 슬펐지만 전쟁이 가져다준 운명이라고 생각하고 정보당국의 권유에 따랐다.

석두는 그가 이 세상을 떠나기 전에 만나서 더 많은 얘기를 들었어야 하는데 서로 몸조심하느라 만나지 않은 것이 아쉬움으로 남았다. 회색분자와 위장자의 서글픔이라고 할까. 용구는 전쟁의 녹슨 파편으로 이 세상을 떠났다.

3. 그들의 연극적 대화 Ⅲ : 아이크와 맥아더

아이젠하워, 그러니까 아이크는 대통령으로 당선되자 아직도 일진일퇴의 전쟁이 계속되고 있는 한국을 방문했다. 미군의 최고 통솔자인 대통령 당선자는 미 8군 사령부가 진 치고 있는 동숭동의 서울대학교 본부 건물에 묵었다. 군인 출신의 대통령답게 한국전의 상황에 관심이 많았다. 그러나 선거 유세에서는 군인답지 않은 주장을 했다.

아이크 : 한국전쟁은 한국인끼리 치르도록 해야 합니다. 백인들이 동양 사람에게 적으로 비쳐서는 안 됩니다. 동양에서의 전쟁은 동양인에게 맡겨야 합니다.

한국 전선을 시찰하고 돌아온 아이크 대통령 당선자는 선배 장군인 맥아더로부터 만나자는 연락을 받았다.

맥아더 : 축하의 말을 전하고 싶어서 만나자고 했소.

아이크 : 다 선배님, 장군께서 뒷받침을 해주신 덕택입니다. 선배님 장군께서도 건강하신 모습이라 반갑습니다.

맥아더 : 대통령도 그냥 대통령이 아니라 국민의 사랑을 받는 대통령, 그래서 마음 든든합니다. 트루먼과는 다르지요.

아이크 : 기대에 어긋나지 않아야 할 텐데요.

맥아더 : 그래서 바쁜 대통령 당선자 아이크의 시간을 좀 내달라고 한 거요.

아이크 : 네…?

맥아더 : 대통령 취임도 하기 전에 한국 전선을 시찰하고 왔다는 말을 듣고 역시 장군은 다르구나…. 그래서 말인데, 지금처럼 지루하게 전쟁을 끌고 가면 안 되요. 트루먼은 이런저런 이유를 대고 나의 요청을 거절했지만 참전한 중공군의 보급로이자 보급창인 만주를 폭격하면 끝나는 거요. 만주 행정장관이란 카오강이 참전한 중국군의 보급을 열심히 뒷바라지하고 있다는데 그걸 그냥 놔두면 전

쟁은 언제 끝날지도 모르고 끝나도 승자도 패자도 없는 명예스럽지 못한 전쟁으로 끝나게 될 거요. 그러니 전쟁의 생리를 모르는 트루먼의 전철을 밟지 말고 압록강을 건너서 중공군의 후방 만주의 군사시설을 폭격해서 쑥대밭을 만들면 전쟁은 아군의 승리로 끝맺음할 거요.

아이크 : 네. 그렇지만 장군님. 트루먼 대통령이 염려한 것처럼 3차 대전으로 확전되면….

맥아더 : 중국군의 참전으로 이미 확전되었어요. 이제는 미군이 주축이 되어 유엔군이 참전한 이상 국제 질서를 위해서도 반드시 승전을 해야 하고 그러기 위해서는….

아이크 : 만주를 폭격하는 것은 영국을 비롯한 참전 국가도 반대할 뿐만 아니라 소련군이 참전하게 되면….

맥아더 : 소련군은 참전하지 않을 거요. 정치적인 문제라면 한국전쟁의 배후인 스탈린을 미국의 새 대통령으로서 만나 담판을 해야지….

아이크 : 스탈린을 만나요?

맥아더 : 그렇지. 결국은 정치적으로 타결되어야 해요. 스탈린은 한국전을 끌고 가고 싶을 뿐 아니라 똑같은 분단국가인 독일에 대해서도 많은 신경을 쓰고 있으니까, 미국과 소련의 보증 아래 독일과 한국을

중립국으로 통일시키고자 제안하면 아마 스탈린이 받아들일 거요. 미국 대통령과 스탈린이 만나서 이런 타결안에 합의한다면 전쟁도 끝나고 세계 질서가 냉전 아닌 평화를 지향하게 될 거요.

아이크 : 스탈린의 야심은 그게 아닐 텐데요.

맥아더 : 만약 스탈린이 받아들이지 않는다면 만주 폭격을 중국 본토까지 확대하고 원자탄의 사용과 해안 봉쇄와 대규모 상륙작전을 벌이면 그들은 휴전에 응하지 않을 수 없어요.

아이크 : 제 선거 공약은 그게 아니었지만 선배님 말씀을 측근들과 충분히 검토하겠습니다.

아이크는 선배 장군인 맥아더의 정열적인 주장을 경청하면서 "노병은 죽지 않는다."는 그의 말을 실감했다. 군인으로서 제안할 수 있는 타결 방안이라 생각했다. 그러나 아이크는 이미 군인도 아니요, 장군도 아니다. 세계 최강국인 미국의 대통령으로서 그의 주장을 실천에 옮길 수는 없다고 생각했다.

더욱이 최근의 스탈린의 건강에 대한 정보를 참고로 한다면 스탈린을 만나는 것보다는 그가 죽는 것을 기다리는 게 더 현명한 해결책이라는 결론을 얻었다.

아이크는 맥아더를 다시 만나지 않았다.

침묵과 증언, 아니면 고백의 사이

6 · 25 전쟁 직전 대학 극 서클에서 뵌 적이 있는 선배 연극인 최창봉, 조동화, 이병복, 김지헌, 김석하 등으로부터 얘기를 들었다. 그들은 처음에는 침묵을 지키는 것이 현명하다고 생각하며 주저했으나 한 번 입을 열고 얘기를 시작하면 털어놓고 얘기한 게 시원하다는 듯이 얘기를 이어갔다. 석두는 그들의 얘기를 연극이나 영화로 만들겠다고 허풍을 떨었다. 그러나 내심 영화나 연극으로 재현하기에는 너무나 방대하고 극적 구성이 힘들다고 생각했다. (본문 중에서)

한반도 최북단 함경북도 회령의 한 초등학교를 졸업한 월간 춤 발행인 조동화 선생(오른쪽, 작고)과 최남단의 초등학교를 다녔던 석두가 전라남도 해남 땅끝마을 송지초등학교에서 마치 통일이라도 된 양 기쁜 표정으로 사진을 찍었다.

1. 바람결 타고 흘러온 얘기

석두는 자신이 겪은 6 · 25 전쟁을 어떤 식으로든지 증언하고 기록으로 남겨야 한다고 생각했다. 그러나 쉽지 않았다.

영화 제목으로 「침묵은 황금」이라는 게 있는데, 전쟁은 '휴전'일뿐 아직 끝나지 않았고 사회적 갈등과 이념의 갈등이 언제 충돌할지 모르는 상황에서 섣불리 입을 열면 어떤 위험을 당할지 모른다는 생각에서 미루고 미루어서 반세기가 지나갔다.

생각하면 많은 위기를 침묵과 위장으로 잘도 넘기고 살아남았다. 그러나 끝까지 침묵을 지키고 만다면 억울하게 떠나간 친구들에게 미안하고 면목이 없다고 석두는 생각했다. 그들을 위해서도 무언가 기록을 남겨야 한다고 생각하면서도 반세기가 속절없이 지나간 것이다.

석두는 비슷한 상황에서 6 · 25를 겪은 선배나 친구들에게 체험담을 해달라고 했다. 6 · 25 전쟁 직전 대학 극 서클에서 뵌 적이 있는 선배 연극인 최창봉, 조동화, 이병복, 김지헌, 김석하 등으로부터 얘기를 들었다. 그들은 처음에는 침묵을 지키는 것이 현명하다고 생각하며 주저했으나 한 번 입을 열고 얘기를 시작하면 털어놓고 얘기한 게 시원하다는 듯이 얘기를 이어갔다. 석두는 그들의 얘기를 연극이나 영화로 만들겠다고 허풍을 떨었다. 그러나 내심 영화나 연극으로 재현하기에는 너무나 방대하고 극적 구성이 힘들다고 생각했다. 6 · 25 전쟁이 발발하기 전 돌체 다방에 자주 모이던 젊은 연극인 또는 지망생은 하나의 등장인물 집단으로 설정될 수 있지만 그다음은 시간과 공간이 너무나 산만하게 펼쳐져서 극적인 예술 작품으로 구성되기 힘들다고 생각했다. 대하 드라마나 장편 소설로 구성될 수 있을지 모른다.

이런저런 생각을 이어가는 사이 세월은 흘러서 석두에게 6 · 25 체험담을 해준 최창봉, 조동화, 이병복, 김지헌, 김석하 다섯 분이 다 떠나셨다. 이제는 더 이상 늦출 수 없다. 죽이 되든 밥이 되든 뭔가 내놓아야겠다고 석두는 생각했다.

그래서 그분들에게서 자주 들은 얘기를 '녹슨 파편'의 종막으로 기억의 광야에서 사라지기 전에 남기려 한 것이다. 말하자면 바람결 타고 흘러온 얘기를 엿들었다고 할까, 엿들은 얘기를 잊어버리기 전에 재구성해본 것이다.

2. 허무한 다도해의 낭만 : 조동화

조동화는 함경북도 회령에서 월남해서 약학대학을 다니고 있었다. 서울대학의 약대는 열심히 공부하고 꽤 성적이 좋아야만 들어갈 수 있었는데 어려운 관문을 뚫고 약대를 들어간 것은 약대를 졸업해야 안정된 사회생활을 할 수 있다고 생각했기 때문이다.

삼팔따라지 신세에…, 사람들은 월남해온 사람을 삼팔따라지라 했다. 38선을 넘어왔다고 해서 '삼팔'이고 삼팔은 화투의 끗발로 한 끗을 따라지라 하므로 '삼팔따라지', 38선을 넘어온 끗발 없는 빈털터리들을 '삼팔따라지'라 한 것이다. 장래 안정된 생활을 위해 약학대학을 다니지만 취미나 하고 싶은 일은 딴 데 있었다. 명동에 있는 함귀봉(咸貴奉)무용연구소에서 연극을 한다는 김경옥(金京玉), 최창봉(崔彰鳳) 등을 알게 되면서 고대생이 아니면서 고대극회의 공연에 스태프로 또는 열성적인 관객으로 참가했다.

고대연극을 처음 본 것은 아일랜드 작가 '숀 오케이시'의 「주노와 공작」이었다. 중국에서 돌아왔다는 이진순(李眞淳)의 연출도 좋았지만 무용연구소에서 사귄, 보일 선장 역을 맡은 김경옥과 아즐 조니 역의 최창봉의 연기가 뛰어나다고 조동화는 생각했다. 연극의 배경은 아일랜드 독립내란이 있었던 1922년경 더블린 빈민가인데 그러한 배경이 우리의 풍토와 통하는 데가 있어 큰 공감을 느꼈는지 모른다. 조동화는 매일같이 공연을 보러 가서 분장실로 찾아가 감탄사를 늘어놓으며 격찬했다.

조동화는 약대를 다니며 문리대 생물학과에서 이 교수의 조교로 일을 했지만 조동화의 정신생활이랄까, 정서적 일상생활에서 무용과 연극이 차지하는 비중이 제일 컸다.

6 · 25가 터지고 26일 아침이 되자 낙천적인 조동화도 약간 불안해지기 시작했다.

'전쟁이 일어나면 평양에서 점심 먹고, 신의주에서 저녁을 먹는다.'던 국방군이 밀리는 것 같은 느낌을 받은 것이다. 조동화는 다음 작품을 준비한다는 김경옥과 최창봉이 걱정이었다. "이러다가 연극도 못하는 것 아니야?" 이런 생각을 하고 있는데 박남표 소령이 지프차를 몰고 찾아왔다. 박남표 소령은 회령(會寧)에서 같이 월남한 친구다. 그는 빨리 지프차에 타라고 했다. 새로운 작전사령부 하나를 전라도 광주(光州)에 만들기로 되어 있어 급히 내려가니 같이 가자는 것이다.

"갑자기 어딜 가니. 가족들한테 알려야 하고."

"야! 여러 말 말고 빨리 타! 나도 가족들 놔두고 가는 거야."

조동화는 엉겁결에 지프차에 올라타고 광주로 내려갔다.

광주에서는 곽남수라는 여인의 집으로 갔다. 곽남수는 드물게 보는 미인이었다. 큰 한옥을 차지하고 혼자 살고 있는 것으로 미루어 청상과부가 아닌가 생각되었다.

"박남표는 재주도 참 좋다. 이런 미인을 여자 친구로 삼다니…."

여인이 잠자리를 깔아주었다. 그렇게 호화로운 이부자리를 깔고 자는 것은 처음이었다.

'광주 부잣집은 대단하구나.'

6월 28일 아침에는 벌써 서울이 공산군의 수중에 들어갔다고 했다.

'전쟁이 터지면 점심은 평양에서 먹고, 저녁은 신의주에서 먹는다.'더니 거꾸로 당했구나 하고 생각하니 어이가 없었다.

박남표 소령의 말에 의하면 호남지방 작전사령부를 설치하려는데 M1 소총 몇 자루 그리고 일본식 구식 소총이 백여

자루 그리고 일본군 군도(軍刀)가 몇 자루밖에 없다고 했다.

김일성은 한 달이면 부산까지 밀어붙인다고 호언장담했는데 정말 이러다간 그렇게 당할지도 모른다는 생각이 들었다. 서울에 가족들이 걱정이고 친구들 소식도 궁금했으나 어쩔 수 없다는 생각이 들었다.

박남표 소령은 다시 부산으로 후퇴한다고 했다. 전열을 정비해서 반격의 기회를 노려야 한다는 것이다. 박남표 소령은 군부대와 같이 이동하고 조동화에게는 여수로 가서 배를 타고 부산으로 가라고 했다. 부산에 가면 국제시장에 친구가 있으니 찾아가라고 하면서 그에게 전달하라고 돈뭉치도 동화에게 맡겼다.

조동화는 여수로 가서 부산으로 가는 LST(상륙함)에 승선했다. LST는 누구나 승선할 수 있는 것이 아니었으나 박남표가 만들어준 군인 가족 증명 덕택으로 승선할 수 있었다. LST는 빨리 부산으로 가지 않고 이곳저곳을 들른 후 일주일이나 걸려서 부산항에 도착했다.

배 안에서 이 교수의 연구실에 있을 때 이 교수로부터 이름을 자주 들었던 김삼례 박사를 만났다. 김삼례 박사는 북해도 제국대학에서 생물학 계통으로 박사학위를 취득한 한국 여성 최초의 이공학 박사로 이 교수와도 친분이 두터웠다. 서울에서도 만나 뵐 기회가 없었던 김삼례 박사를 선상에서 뵙다니.

이것도 전쟁 덕분이라 생각했다. 김삼례 박사의 부군인 강 박사는 국회의원이었으나 이름난 친일파이기도 했다. 강 의원은 독일의 예를 들며 국가적 위기를 극복하기 위해서는 독일의 제도와 정신을 모방해야 한다고 역설을 했다.

LST는 몇 개의 항구에 정박했다가 한려수도를 지나 부산으로 향했다. 전쟁의 소용돌이 속에 말려든 우리 조국, 그러나 남해안은 너무나 아름답다고 생각했다.

국제시장 박남표의 친구를 찾아가 심부름을 끝내고 몇 일간은 거기서 묵었다. 그러나 시내에 나돌아 다니기가 힘들었다. 거리 이곳저곳에서 검문검색을 하고 서울에서 내려온 청년들은 단기 훈련을 받고 일선으로 보내진다고 했다. 부산에서 원래부터 사는 젊은이들은 검문검색에서 풀려났다. 불평등하다고 생각했으나 1차로 거처가 확실치 않은 젊은이들을 징병하는 것으로 생각되었다.

조동화는 군대에 가더라도 거리에서 붙들려 가고 싶지는 않았다. 광복동에 있는 삼성병원에 갔다. 삼성병원은 회령에서 삼성병원을 하던 정 장로님이 부산에 피난 와서 삼성병원을 차린 것이다. 조동화는 앞날을 상의할 요량으로 삼성병원의 정 장로님, 원장님을 찾아갔다.

원장님은 안 계셨으나 사모님이 계셨다. 조동화는 사모님에게 현재 처해 있는 상황을 설명하고, 아무래도 군대를 가야 할 것 같다고 했다. 사모님은 군대를 가더라도 대학을 마치고 가야지 중도에 그렇게 가면 어떻게 하느냐고 걱정스러운 표정이었다.

이때 마침 부산지구 해군 헌병대장인 김 대위가 정 원장을 찾아갔다. 사모님은 그 전부터 김 대위를 잘 아는 모양으로 조동화가 서울대 학생인데 어려운 처지에 처해 있다고 설명하고 무슨 좋은 방법이 없겠냐고 했다. 김 대위는 마침 잘 되었다면서 부산지구 해군 헌병대 관할로 600톤급 화물선을 대여받아 운행하고 있는데 화물선의 사무장 자리가 공석이라면서 조동화에게 화물선의 사무장을 해보라는 것이었다. 신분이 군인은 아니지만 해군 문관이 되는 셈이다. 조동화는 싫다 할 이유가 없었다.

조동화는 이렇게 해서 생전 생각해본 적이 없는 화물선의 선원이 그것도 사무장이 된 것이다. 화물선이라고 하지만 승객도 태우고 구급 물자도 운반하고 해군과 해군헌병대의 다용도선이라고 할까, 상부의 지시에 따라 제주도와 다도해 일대를 끊임없이 휘젓고 다녔다.

선명(船名)은 '영등포호'였다. '왜 난데없이 영등포호냐'라는 생각도 들었지만 이름은 문제가 아니었다. 조동화로서는 갑자기 마도로스가 된 기분이 나쁘지 않았다. 선원은 모두 해서 15명 정도였는데 사무장은 선장을 비롯해서 기관장 등과 같이 식사 때에도 선원들과는 다른 장교 식당격인 식당에서 특별한 대우를 받았다. 선상에서의 식사는 하루 네 끼였다. 선상에서 먹는다는 것이 가장 중요한 일과요 즐거움이었다.

취사반장인 박 반장은 오랜 선원 생활을 한 베테랑으로 섬이나 항구에 기항할 때마다 다른 여인들이 맞이했다. 어떤 섬에는 분순이 어미가 있고, 또 다른 섬에는 남철이 어미가 있고, 다시 말해서 항구나 섬에는 여인들만이 기다리는 것이 아니라 박 반장 소생의 어린아이들도 이 섬 저 섬에 수없이 많은 것 같았다. 세상은 전쟁으로 소용돌인데 그 가운데서도 바다에 사는 사람들의 특별한 인생은 그대로 이어져 가고 있었다. 영등포호는 제주도와 부산 사이를 자주 오고 갔다. 섬에 필요한 물건을 실어다 주고 육지에 필요한 물건을 가져오고 그렇게 함으로써 헌병대의 후생 사업과 겸해서 운영하는 것 같았다.

육지에서는 전투가 일진일퇴를 거듭하면서 치열했으나 선상에서는 전쟁을 실감할 수 없었다. 그럴 생각은 아니었지만 전쟁을 제대로 피해 왔다는 생각이 들었다. 그러던 어느 날 영등포호는 통영에 기항했다. 바다에서 바라다 보이는 언덕 위로 많은 사람들이 몰려가고 있었다. 조동화도 몇몇 선원과 같이 쫓아갔다.

"무슨 일이요?"

"빨갱이를 잡아서 총살하러 가는 거제…."

사람들의 말을 들으니 바로 전날 공산군이 통영을 점령해서 하루 동안 인민공화국이었는데 바로 다음날 해병대가 통영을 탈환해서 하루 동안 설친 빨갱이들을 잡아서 처형하려고 끌고 가는 중이라 했다.

조동화는 사람들을 해치고 쫓아갔다. 군복을 입었기 때문에 붙잡혀가는 사람들 가까이까지 갈 수 있었다. 남녀 열서너 명이 머리에 종이 고깔 같은 것을 쓰고 끌려가고 있었다. 많은 사람들이 헌병의 제지를 받으며 따라가고 있었는데 아마도 그들은 처형당하러 끌려가는 사람의 가족이거나 아니면 전날 공산군이 왔을 때 변을 당한 가족들이 복수심을 불태우며 따라가는 것 같았다. 당황해서 따라가는 사람들이 있는가 하면 "죽여라!" 하고 외치는 사람도 있었다. 끌려가는 사람 가운데는 유난히 키가 큰 여성이 있었는데 쌀쌀한 가을 날씨에 반 팔의 여름옷을 입고 있어서 인상적이었다. 어떤 여자는 아이를 가슴에 안고 열심히 쫓아가는데 끌려가는 사람 중 한 사람이 "엄마! 옆집에서 못 값을 받아서 성식이네 갖다 줘!" 하고 외쳤으나 아이를 안고 따라가는 여인은 알아듣지 못한 듯 "뭐요?! 뭐요?!" 하고 외치며 따라가고 있었다.

조동화는 똑똑히 알아들을 수 있었으나 아낙네는 알아듣지 못하는 듯 "뭐요?!"를 외치며 따라갔다. 안타까운 일이었다. 죽으러 가는 마당에 못 값이 문제인가? 철물점 주인인가 본데 왜 공산군 편을 들어서 저렇게 끌려가야 하는가? 신념을 가지고 복역하다가 저렇게 끌려가는 사람도 있지만 뭐가 뭔지 모르고 저렇게 끌려가다가 낭패를 당하는 사람도 있는 것 같았다.

그들은 언덕 위 평평한 곳에 한 줄로 세워졌다. 담배를 한 대씩 불을 붙여서 나누어주었다. 그리고 총살이 집행되었다. 총살을 할 때는 얼굴을 가리고 있던 종이 고깔 같은 것을 벗겼다. 키가 큰 여인은 얼굴도 잘생긴 편이었다. 총살이 집행될 때 그중 몇 명은 "김일성 만세!", "인민공화국 만세!"를 외쳤지만 나머지는 쓸쓸한 그러나 무표정하게 죽어갔다. 총살이 집행된 다음 확인사살을 했다. 확인사살을 할 때 피가 튀기지 않을까 했는데 피는 전혀 튀지 않고 검은 점이 확인 사살한 부분에 뚜렷이 나타났다.

조동화는 배에 돌아오면서 생각했다. '왔다 갔다 하면서 서로 죽이는구나.' 전투에는 참가하지 못했으나 전쟁을 생생하게 목격했다는 기억을 간직하게 되었다.

전세가 역전되고 서울이 탈환되었다고 했다. 영등포호는 서울로 돌아가는 국회의원 50여 명과 그 수행원들을 부산에서 인천까지 수송하게 되었다. 공산군은 패주하고 있었으나 육로보다는 바다로 가는 것이 더 안전했다.

한 달 반 남짓한 시일을 조동화는 화물선 영등포호의 선상에서 보냈다. 허무한 느낌과 낭만이 얽힌 세월이었다고 할까? 전선에서 전투를 하고 고통을 겪어야 할 나이에 상대적으로 편안하고 호강스러운 시간을 보냈다고 할 수 있다. 그러나 조동화는 인천항에서 하선한 뒤로는 영등포호에 돌아가지 않았다. 서울에 돌아가서 가족들과 친구들을 만나야겠다는 일념에서 선장의 양해를 얻고 하선한 것이다.

3. 인민군에서 '켈로'(KLO) 부대로 : 변석하

개성에서 강화도 쪽으로 약 30리 떨어진 곳에 개풍면이 있었다. 이곳에서 부농의 아들인 변석하는 중앙대 영문과 2학년에 진학했으나 등록을 포기하고 집안일을 돕고 있었다. 만 19세의 변석하는 대학 졸업반인 형이 집에 남아야 한다고 생각한 것이다. 그러던 차에 6·25 남침이 시작된 것이다. 38선이 그다지 멀지 않은 이 지역에서는 북쪽에서 쳐내려올 것이라는 소문이 벌써부터 돌았으나 그렇게 빨리 쳐내려오리라고는 생각지 못했다.

개풍면에 인민군이 나타난 것은 6월 25일 당일 오후였다. 인민군은 탱크부대를 앞세우고 남쪽으로 쳐들어왔다는데 개풍면에 들어온 인민군은 말을 타고 들어왔으며 군수물자를 말에 싣고 오는 것 같았다. 최전방부대라기보다 후방보급부대의 성격을 띠고 있었다.

개성지구에는 백선엽 대령이 지휘하는 제1사단의 12연대가 포진하고 있었는데 개성을 공격한 것은 방호산(方虎山) 소장의 인민군 제6사단이었다. 인민군 제6사단장 방호산 소장은 유격전과 기습 작전에 능한 중국 팔로군(八路軍) 출신이었으므로 개성 공격에도 전형적이면서도 기발한 작전을 사용했다. 개성의 북방에는 해발 480미터의 송악산(松嶽山)이 병풍처럼 우뚝 서 있다. 북쪽으로부터 개성을 공격할 때는 이 송악산으로부터 내려칠 것이 예상되었으나 방 소장은 한국군의 예상을 뒤엎는 작전을 구상했다.

방호산 소장은 지휘 하의 2개 연대 가운데 제13연대는 정석대로 송악산에 전개시키고 제15연대는 서쪽에서 개성 시내로 돌입하되 38선 북방에서 철로가 철거된 경의본선을 비밀리에 복구해서 열차로 개성역에 돌진한 것이다.

6월 25일 새벽 4시 '폭풍(暴風)'이라는 암호명으로 인민군 제6사단은 전면공격을 시작하고 인민군 제15연대를 태운 열차도 개성역으로 발진한 것이다.

'기습과 승리는 청천백일처럼 명백하다.'

6 · 25라는 전면적 기습 작전을 준비해오면서 인민군의 장

성과 참모들은 기습 작전이 승리로 이어진다는 것을 확신하고 있었다. 방호산 소장의 개성 기습 작전도 기대 이상으로 성공적이었다. 6월 25일 오전에는 개성을 완전히 제압한 것이다. 개성이 인민군의 점령하에 들어가자 38도선에 인접한 임진강 이북의 지역은 그대로 인민군의 수중에 들어갔다.

개풍면도 마찬가지로 아무런 저항 없이 인민군의 수중에 들어갔다. 인민군이 들어오자 인민위원회가 만들어지고 이른바 반동분자 색출에 나섰다. 외가 쪽의 사돈집 아저씨가 찾아와서 아버지 변의관이 반동 요주의 인물로 리스트에 올라 있다는 정보를 전해주었다. 거기에 대한 대책으로 석하가 의용군에 자진 입대하는 것이 어떠냐는 의견이었다. 개성 등 각지에서 의용군에 지원한 대부분 20세 미만의 소년티를 벗지 못한 젊은이들은 사리원에 집결되어 한 달 남짓한 약식 군사훈련을 받고 개성으로 이동해서 부대 편성이 되었다. 급조된 전투 부대로 조국 통일을 위해 전선에 배치된다는 것이었다. 그러나 한심스러운 것은 일선에 배치된다는 전투 부대에 총도 지급되지 않았다. 한 소대에 소대장이 겨우 한 자루의 소총을 가지고 있을 뿐이었다.

석하는 개성을 출발하기 전날 아버지를 만났다. 아버지는 어디에서 그런 정보를 들었는지 "머지않아 유엔군이 반격을 할 테니 기회를 봐서 도망을 쳐라. 도망쳐서 집으로 오는 거다." 하면서 손목시계를 석하에게 주었다.

총도 지급 받지 못한 채 부대는 남쪽으로 걸어서 이동하기 시작했다. 그러나 낮에는 미군 비행기가 두려워 민가에 들어가 숨어서 식사를 하거나, 아니면 잠을 자고 야간에만 도보로 이동했다. 석하는 아버지가 준 손목시계를 일찌감치 소대장에게 상납했다. 소대장은 여러모로 석하를 잘 봐주었다. 부대에 손목시계를 찬 병사가 몇 명 없었으니 손목시계 덕을 본 것이다. 밤이면 산악지대의 길을 따라 걸어갔다. 어디로 가는지 확실치 않았으며 빈손으로 어디로 가서 무엇을 하라고 우리를 끌고 가는지 알 수 없다는 생각이 들었다.

석하는 아버지의 말을 생각하며 도망칠 수 있는 기회를 엿보고 있었다. 그러나 강원도 어느 마을에서 세 명의 의용군 병사가 탈주를 시도하다 붙잡혀서 즉결처분 되는 것을 목격하고는 탈주를 단념했다.

"소대장님, 총은 언제 지급됩니까?"

"일선에 도착하면 그때 지급된다."

한 달을 걸어서 제천에 도착했다. 석하가 속해 있는 연대 규모의 부대는 제천을 벗어나 서남쪽에 있는 달래강까지 진출했다. 달래강을 건너 남쪽으로 내려가면 최전방이라고 했다. 부대는 작전 명령을 기다리고 있다고 했다. 그런데 난데없이 후퇴 명령이 내려졌다고 했다. 총도 지급 받지 못하고 한 달을 걸어서 왔는데 이제는 후퇴라니, 한 달을 걸어서 달아나려고 왔는가 하는 생각이 들었다. 병사들의 사기가 말이 아니고 뒤숭숭했다. 도주병이 생겨나기 시작했는데 도주병은 즉각 사살되거나 붙잡히면 총살되었다.

제천에서 원주까지 후퇴했는데 국방군이 앞길을 막고 있었다. 석하는 가까스로 논두렁을 달려서 군복을 논바닥에 벗어 던지고 인근 민가에 들어가 다락방에 숨었다. 민가에는 칠순 할머니가 혼자 있었는데 다락방에 대고 나가라고 호통을 쳤다. 석하는 다락방에서 내려와 할머니에게 제발 살려달라고 빌었다. 하룻밤만 봐주시면 평생 은혜는 잊지 않겠다고 애원했다.

할머니는 말없이 나갔다. 석하는 다시 달아날까 하고 생각도 했지만 나가봤자 금방 잡히거나 사살당할 거고…, 그러니 할머니의 처분만 바라고 숨어있자고 결심하고 다시 다락으로 올라갔다. 할머니의 동정심에 기대를 건 것이다. 그러나 할머니는 얼마 지나지 않아 국방군과 같이 돌아왔다. 국방군 장교 한 사람과 두 명의 병사에 의해서 석하는 포로가 되어 인근 초등학교로 끌려갔다. 초등학교에 감금된 지 3일째 되는 날 아침 국방군의 한 장교가 와서 3일 전에 잡힌 포로는 손을 들라고 했다. 석하는 손을 들었다.

장교는 "네가 거짓 정보를 제보한 놈이냐?" 하면서 석하를 끌고 가라고 했다. 석하는 어리둥절했다. "무슨 말씀이신지, 나는 모르는 일인데…." 하고 안 끌려가려고 발버둥 쳤다. 끌려가면 총살될 것이 뻔했다. 이때 마침 석하를 체포 해온 장교가 들어와서 무슨 일이냐고 물었다. 석하를 끌고 가려던 사병이 거짓 정보를 제보한 놈이라고 설명했다.

석하는 "내가 아닙니다." 하고 외쳤다.

"이 자는 내가 체포 해온 자니까 그럴 리가 없어. 다른 놈일 거야." 장교가 단호하게 말했다.

"그놈이 아닌가 보다." 하고 다른 장교도 석하를 놔주라고 했다. 다른 포로 한 명이 거짓 정보 제공자로 지목되었다.

"네가 거짓 정보를 말한 놈이지!" 하고 장교가 몰아세우자 그는 고개를 푹 숙이고 말이 없었다. 결국 그는 끌려가서 총살되었다.

석하는 '구사일생'이라는 말이 이럴 때 쓰는 말이라고 생각하면서 안도의 숨을 내쉬었다. 그때, 그 순간에, 그 장교가 들어오지 않았더라면 석하는 거짓 정보를 제공한 다른 포로로 오인되어 대리 총살을 당했을 것이다. 나중에 안 사실이지만 국방군은 포로의 거짓 정보를 믿고 작전을 하다가 인민군 매복에 걸려 큰 피해를 봤다는 것이다.

포로들은 원주에서 춘천까지 역시 도보로 이동했다. 걸어가다가 도망자가 생기면 사살하거나 총살하는 것은 인민군 때와 다를 게 없었다. 한 가지 다른 것이 있다면 인민군은 밤에만 이동했는데 국방군 포로들은 낮에도 이동했다는 것이다.

도로 양쪽 논두렁에는 인민군의 시체가 즐비해 있었다. 엄청난 시체가 끝없이 쌓여 있는 것이다. 석하의 눈에도 그 엄청난 시체가 대부분 인민군 정규군이 아닌 의용군이라는 것을 쉽게 알 수 있었다. 인민군의 정규군이나 정예부대는 신속하게 탈출로를 찾아 후퇴하고 의용군 부대는 국방군의 표적이 될 수 있는 대로상에 우왕좌왕시켜 국방군의 공격을 분산시키고 작전에 차질을 주려는 의도가 있는 것으로 생각되었다.

우리는 총도 없이 한 달을 행군해 와서 국방군의 공격을 둔화시키는 방패가 되기 위해서 끌려 온 것이다. 왜 우리는 총도 안 주고 먼 길을 끌고 오는가 했는데 쓸모가 전혀 없었던 것은 아니다. 국방군의 공격을 막는 방패가 되고 사살되어 저렇게 시체가 되어 널려 있든가, 포로가 되어 끌려가기 위해서 한 달을 도보 행군을 한 것이다. 어처구니없고 억울하다는 생각이 들었다. 총도 없고, 총 한 방 쏜 적도 없이 전쟁포로라니 말이 되는가.

석하는 춘천 임시 포로수용소에 수감 되었다.

춘천에서 다시 열차로 서울로 이송되어 고려대학교에 대기했다가 인천 포로수용소에 다시 수감 되었다. 많은 포로들이 이질에 걸려 사망했다. 석하도 이질에 걸려 죽을 고비를 넘겼다.

1 · 4 후퇴 때 다시 부산으로 이송되었다. 이번에는 배로 이송되어 부산 서면 포로수용소에 수감 되었다가 1951년 7월 거제도 포로수용소에 수감 되었다.

KLO 부대에 입대한 석하

거제도 포로수용소 생활도 결코 순탄치 않았다. 포로수용소에서도 남북이 갈라서서 대립했다. 반공포로와 친공포로로 갈라서서 긴장된 분위기였다. 친공포로가 반공포로를 살해하는 사건이 빈발해 약 70%의 반공포로와 약 30%의 친공포로는 나누어 수감되었다. 친공포로의 폭동이 자주 발생했고, 1952년 5월 7일 아침에는 수용소장 도드 준장이 포로수용소 순찰 중 납치, 감금되는 사건이 발생했다.

도드 장군은 납치, 감금 4일 만에 풀려났다. 친공포로들이 석방조건으로 내건 미군의 잔학행위를 인정한다는 데 서명하고 석방된 것이다. 친공포로 가운데에는 인민군의 정치 장교, 보위성 소속의 특수병들이 있어 수용소 안에서 투쟁경력을 쌓을 목적으로 격렬한 행동을 서슴지 않았다. 그런 가운데에서도 반공포로들이 중심이 되어 연극반을 만들어 연극 공연을 했다. 석하는 연극반에 참가했다. 유치진이 쓴 「마의 태자」를 보름 정도 연습해서 상연했다. 석하는 왕건(王建) 역을 맡았다. 천 년 전에도 한반도는 후고구려, 후백제, 신라 등이 갈라져 지금보다 더 복잡했겠다는 생각을 했다. 그때는 왕건과 같은 인물이 나타나 고려로 통일을 하는데, 오늘의 한반도는 누가 나타나 통일을 할 것인가. 이런저런 생각을 하다가 결국에는 아버지와 어머니 생각으로 돌아왔다. 아버지는 개성에 계실까? 개풍면에 계실까? 반동으로 몰려 변을 당하시지는 않았을까?

포로수용소에서 1년이 넘는 세월이 흘러갔다. 석하는 1952년 가을에 석방되었다. 이승만 대통령이 미군 당국과 심한 갈등을 빚으면서 반공포로를 석방한 것은 1953년도 5월이니까 그보다도 10개월을 앞서 비공식적으로 반공포로를 석방한 것이다.

석하는 석방되었으나 고향에 돌아갈 수 없다는 것을 알았다. 개성과 개풍면은 아직도 적의 수중에 있었다. 석하는 당장 살아갈 길이 막연했다.

켈로(KLO) 부대가 북한 정보에 소상한 북한 출신이나, 인민군 포로 출신을 대원으로 받아들인다는 소문을 듣고 찾아가 그해 10월에 켈로(KLO) 부대에 입대했다.

켈로(KLO) 부대는 원래 공산주의 체제를 싫어하거나 그들의 숙청 대상이 되어 월남해온 이북 출신의 실향민으로 조직된 서북청년단의 별동대로 조직한 백의사(白衣社)가 모체라고 할 수 있는데 나중에 동경연합군 사령부의 제의에 따라 대북 침투와 첩보 활동을 목표로 해서 재조직하면서 명칭을 '주한연락사무소(Korean Liaison Office)'로 정했는데 그 약자 KLO(케이엘오, 일명 켈로)가 부대명칭처럼 된 것이다.

켈로 부대의 주 임무는 적대적인 대북 침투나 첩보 활동이었기 때문에 대부분의 대원들이 북한 실정에 밝고 연고가 있는 북한 출신의 반공 성향의 청년들이었다. 6·25 전쟁이 터지면서 켈로 부대는 연합군 직속 대북첩보공작부대로 변신하고 유격전부대까지 합세하여 대규모 조직으로 확대되었다.

반공포로로 석방된 석하는 켈로 부대의 성향에 맞는다고 할까, 아무 문제 없이 받아들였다. 석하는 3개월간의 침투 훈련을 받았다. 그리고는 침투 명령을 기다리며 대기 중이었다. 어느 날 훈련 중에 훈련부장이 "너 석하 아니야?" 하고 다가와서 깜짝 놀랐다. 고향의 중학교 선배였다. 훈련부장이 석하를 사무실로 불러서 찾아갔더니 침투 작전에 참가하면 살아오기 힘들다. 원한다면 서부전선의 관측소(OP : Observation Post)로 보내주겠다고 해서, 살아서 고향에 꼭 돌아가고 싶다고 말하며 OP로 보내달라고 부탁했다. 석하는 서부전선의 OP로 배속되었다.

그 무렵 켈로 부대의 1개 연대가 개성을 공격하여 점령했는데 국방군과 미군의 외면으로 연대원 대부분이 전사했다는 소문이 나돌았다. 단순히 뜬소문인지 사실인지는 알 수 없었으나 충분히 있을 수 있는 일이라고 생각되었다. 켈로 부대는 적의 후방에 침투하여 많은 전과(戰果)를 올렸지만 작전에 참가한 대원에 대해서는 거의 배려가 없었다. 쓰고 나면 버리는 '전쟁 소모품' 취급을 받은 것이다.

1953년 7월 27일 휴전협정이 조인되었는데 그 몇 일 전에도 미 5공군 배속의 켈로 부대가 개마고원 일대로 침투했다. 상부의 명령으로 이루어진 작전인데 휴전이 조인될 것을 뻔히 알면서 대원들을 사지(死地)로 몰아넣은 꼴이 된 것이다.

"우린 어떡하란 말이냐? 이 쳐죽일 놈들아! 적의 후방, 이렇게 내륙 깊숙이 쳐박아 놓고 너희끼리 휴전한단 말이냐?" 하고 무전을 통해 외쳤지만 하는 수 없었다. 침투했던 대원 중에 생존 귀환한 사람은 한 사람도 없었다.

석하는 고향이 훤히 보이는 서부전선 강화도 인근의 OP에서 휴전 협정이 조인된 것을 알았다. 석하는 '하필이면 이제와서 여기서 휴전이냐? 북진통일은 못하더라도 전쟁 전의 38

선까지라도 북상을 하지.' 하는 안타까운 심정이었다. 동부전선은 38선을 넘어 상당히 북진했는데 서부전선은 38선 이남으로 밀려와 있으니 석하에게는 불공평한 휴전이라고 하지 않을 수 없었다.

휴전 이후 석하는 국군에 편입되어 4년간 군 복무를 하고 하사관으로 전역했다.

4. 도강파와 잔류파 : 최경옥, 이삼순

1950년 9월 15일 인천상륙작전을 벌인 유엔군은 9월 28일 서울을 수복했다. 광화문의 중앙청에 우리 국군의 손으로 태극기가 게양되었다. 감격스러운 순간이었다.

그러나 수복된 서울에서는 한동안 도강파(渡江派)와 잔류파(殘留派) 간에 갈등과 대립의 양상이 펼쳐지고 있었다. 한강을 건너 대구나 부산으로 피난 간 이른바 도강파는 피난을 못가고 서울에 남아 있었던 사람들을 친북 성향의 좌파로 몰아붙여 적대시하는 분위기였다.

연극인들도 국립극장 연습실로 나와 미군 작업복을 입은

도강파 심사위원에게 그동안의 행적을 설명하고 심사를 받았다. 피난을 못가고 서울에 남아서 고초를 겪은 사람들 입장에서는 자기들을 용의자 취급하는 것은 부당하다고 생각할 수밖에 없었다.

한강 다리는 왜 그렇게 빨리 폭파했으며, 권력층이나 끈이 닿은 자기들끼리 달아났다 와서 마치 개선장군이나 된 듯이 설치고 불쌍한 우리를 죄인 취급하는 것은 말이 안 된다. 우리가 좌파요, 부역한 사람이라면 왜 서울에 남아 있겠는가, 후퇴하는 인민군 따라 벌써 북으로 달아났지. 공산 세력이 서울을 점령하고 있던 3개월 동안 살아남기 위해서 갖은 고통을 겪었고, 혹시 그들에게 협력을 했더라도 살아남기 위해서 마지못해 한 것이지 그들의 조직에 가담한 것은 아니라고 주장하고 싶었다.

최경옥도 을지로 입구 어느 건물에 고려대 학생들을 심사하는 사무실이 있다고 해서 찾아갔다. 우익학생의 대표격인 친구들이 심사를 하고 있었다. 월남한 최경옥은 누구나가 공인하는 우파, 반탁 학생이었기에 "야, 살아있었구나." 하며 반가워했다. 그동안의 많은 소식을 들을 수 있었다. 많은 친구들이 의용군에 끌려갔다. 누구는 의용군에 붙잡혀 나갔으며, 누구는 자진입대해서 월북했다는 등 많은 소식을 들을 수 있었다.

그중에서 현상윤(玄相允) 총장이 납북되었다는 것과 영문학과의 이인수(李仁洙) 교수가 합동수사대에서 처형되었다는 얘기는 충격적이었다. 이 교수는 수복 후 합동수사본부에 자진출두해서 인민군 점령하에서 대미 방송에 협력한 것은 권총으로 협박을 받아 불가피했다는 것을 설명했으나 받아들여지지 않았다고 한다. 이인수 교수는 런던대학 출신으로 그의 강의는 인기가 있었으며 학생들의 존경과 사랑을 받던 선생님인데….

경옥은 가슴이 아파오는 아쉬움을 느꼈다. 왜 교수님에게는 '구사일생(九死一生)'의 기회가 없었던가? 자진출두한 사람을 처형하는 옹졸함은 어디서 유래한 것인가? 전쟁이 유발한 증오와 광기의 소산인가? 경옥은 인민위원회 지하실에서 끌려나가 처형된 사람들 그리고 합동수사대에서 처형된 이 교수를 생각하며 씁쓸하기 짝이 없었다.

이대생으로 박노경이 주재한 여인소극장의 동인이었던 이삼순도 피난 가지 못했던 말하자면 잔류파였다. 이삼순의 가정환경은 서울에 남아 있어서는 안 될 환경이었다. 막내 삼촌이 내무부의 치안국장이요, 부친이 농림부의 차관보라는 고

위직에 있으니 당연히 피해 갔어야 했다. 6 · 25 남침이 시작된 이튿날 삼촌이 뛰어와서 "형님네 차로 가든지 우리 차로 가든지 빨리 갑시다. 노약자나 애들은 어쩌겠습니까? 형님이나 나는 피해야 합니다. 아이구, 이러고 있을 때가 아닙니다. 삼순이도 같이 데리고 갑시다. 어서요. 서둘러야 합니다."

"뭐라카노? 어매, 아배, 애들 놔두고 우리만 가자구? 저 소생들은 어짜고 나만 살겠다고 어딜 가느냐?! 나는 안 간다. 니나 빨리 가구라."

삼순의 부친은 정세 판단을 잘못하셨다고 할까….

"내야 공무원 월급쟁인데 설마 죽이기야 하겠나." 아버지의 고집은 아무도 꺾지 못한다고 삼순은 생각했다.

6 · 25 남침이 시작된 전날까지도 삼순은 연극 연습에 몰두해 있었다. 여인소극장의 다음 공연으로 허집이 연출하는 프랑스 작품 「샤이요의 광녀」 여주인공을 맡아 열심히 연습 중이었는데 이 난리가 난 것이다. 「샤이요의 광녀」는 막을 올릴 수 있을 것인가? 막내 삼촌 말마따나 아버지는 공산 치하에서 무사할 것인가? 이런 생각 저런 생각을 하면서 불안을 달래며 며칠을 지내는 사이 세상이 바뀌었다.

「샤이요의 광녀」 연습 소식은 없고 가까운 친구들 가운데 좌파적 경향이 있었던 친구들이 찾아왔다.

"이 동무는 여성동맹에서 일을 하면 좋은데 여맹에 들어가자니 출신 성분이 문제가 될 거고…, 그래서 우리가 의논한 건데, 시 인민위원회 말하자면 시청인데 거기에 취직해서 이 혼란기를 피하는 거야."

그들은 막연히 친한 친구들인데 언젠가 감옥이나 구치소에서 빼내준 적이 있는 친구들이었다. 대단한 죄목이었다면 석방될 수 없었을 텐데 아버지의 도움이나 보증으로 풀려났던 친구들이었다.

"고맙지만 나 같은 성분이나 가정 출신이 그런 데서 어떻게 일을 하니, 나는 자격이 없어."

"너는 자격이 있어. 우리하고 친하다는 것으로 충분해."

또 한 친구가 말했다.

"감옥에 있었던 친구가 문화선전선동부 부장인데 가까운 친구거든. 남조선 문화 예술계 사정에 밝은 일꾼이 필요하다기에 동무를 추천했어. 급하니까 바로 데리고 오라는군. 거기서는 출신 성분이 문제가 안 돼."

"아유, 나는 자신 없어. 내가 누군지 들통나면 어떻게 해. 아무런 경력도 없는 내가."

"그럼 앉아서 당할래? 인민재판이다 하면서 마구 총살하는 판인데, 삼촌이 치안국장이니 반동도 보통 반동 집안이 아니잖아, 죽기 아니면 살기지. 아무 말 말고 일단 가보자. 일만 잘하면…, 그래 연극을 했잖아. 네 연기는 뛰어났어, 연극을 한다고 생각하고 일만 잘하면 되는 거야. 알겠어. 무조건 가자구."

이렇게 해서 이삼순은 인민위원회의 문화선전선동부에 취직 아닌 취직을 했다. 문화선전선동부의 출판부에서 일을 하게 된 것이다. 삼순에게 주어진 첫 번째 일, 이른바 과업은 인쇄소에 가서 김일성 장군의 대형 초상화 포스터 인쇄를 사흘 동안에 끝내는 일이었다. 이삼순은 시키는 대로 열심히 일을 했다. 인민군 장교가 부친을 찾아와 이것저것 물어보고 갔다는데 열심히 일하면 부친이 반동으로 안 몰릴 수도 있다는 생각을 하면서 열심히 일을 했다.

문화선전부에서 일을 한 지 어느새 한 달이 되어갔다. 고된 일에 쫓기다가 집에 돌아오면 그냥 쓰러질 것 같았다. 그래도 삼순이 퇴근하는 시간이 되면 설정식, 유종대 등 이쪽도 저쪽도 아닌 젊은 예술가들이 모여들었다.

시인 설정식은 "아, 머릿속은 공산주의로 빨갛고 살기는 귀족처럼 사는 게 내 꿈인데…."

그러고는 웃음을 터트렸으나 슬픈 표정을 숨기지 못했다.

"그러니까 이것도 아니고 저것도 아닌 거야. 반동으로 몰리기 딱이지."

"그래도 본성을 고칠 수도 없고…."

푸념 아닌 푸념을 늘어놓고 시간을 보냈다. 그러던 중 그들이 월북을 결정했다. 이것도 저것도 아닌 상태에서 불안할 수밖에 없던 그들이 월북을 결정한 것이다. 유종대는 인민군에 입대하고 문장사(文章社) 사장 김연만, 시인 정지용, 설정식 모두 월북한다고 했다.

그들은 어떤 신념을 가지고 월북을 결정했다기보다는 절체절명(絶體絶命)의 벽에 부딪힌 혼란 속에서 길을 찾은 것이다. 그들이 떠난 지 이틀 후 아버지도 언제나 찾아오던 인민군 장교가 아닌 다른 장교가 데리고 나간 후 돌아오지 않았다. 월북을 강요당하신 걸까. 이제 진짜 외톨이가 되었구나 삼순은 저도 모르게 혼자 중얼거렸다.

유엔군이 인천상륙작전을 펴자 정세가 급변했다. 문화선전선동부에도 위기감이 감돌았다. 유엔군이 인천에 상륙한 몇 일 후 문화선전선동부도 북으로 이동하라는 지시가 내려왔고 삼순은 북으로 후퇴하는 혼란스러운 대열 속에서 발에 상처를 입어 절뚝거리는 과장된 동작을 하며 뒤로 쳐졌다가 대열에서 이탈했다. 대열이 명륜동 집 가까이를 통과할 때 무작정 혼신의 힘을 다해 달려서 집으로 달아나 숨었다.

마지못해 문화선전선동부에서 일을 했지만 북으로 끌려갈

수는 없다고 생각했다. 인민군 장교와 집을 나가 돌아오지 않는 아버지, 인민군에 입대한 유종대 생각을 하며 무사히 살아 계셨다 돌아오셔야 하는데….

서울은 수복이 되었다. 동회에서 왔다는 청년 두 사람이 이삼순을 찾아왔는데 할머니가 나가고 없다고 하자 돌아오면 동회로 나오라는 말을 남기고 갔다고 한다. 삼순은 동회에 가면 아버지 소식을 알 수 있을지 모른다는 생각에 동회를 찾아갔다. 동회는 어수선하고 욕설이 난무하는 아수라장이다. 삼순은 주저했다. 그러나 여기까지 왔으니 아버지 소식은 물어보고 가야지, 사무실 중앙에 있는 탁자 앞에 앉은 사람이 책임자인 것 같아 그에게 갔다. 이름과 주소를 대고 납치된 아버지 소식을 알았으면 한다고 했다. 그리고 아버지의 성함과 직장을 댔다. 기다리라고 했다. 삼순은 납치된 가족을 가진 것이 무슨 자랑이나 되는 것처럼 느긋하게 기다렸다.

책임자처럼 보이는 사람이 쪽지를 들고 옆방에 들어갔다 나온다. 그리고는 "이것 봐, 데려가." 어디로 데려가라는 거지? 납치된 사람들의 접수는 다른 곳에서 하는 걸까? 그런데 끌려간 방은 전혀 다른 분위기의 경찰서 취재실 같은 골방이었다. 여긴 죄인을 다루는 취재실이구나.

그때서야 삼순은 잘못 왔다는 것을 눈치챘다. 협박에 못 이겨 그럴 수밖에 없었다. 억울하다. 사람들은 제각기 억울함을 호소했다. 삼순은 나와 같은 처지의 사람들이 붙들려 왔구나. 그런데 나는 왜 여기를 왔지. 옆방에서 삼순의 이름을 불렀다.

옆방에 들어가자 두툼한 서류 뭉치를 들고 있는 안경 낀 사나이가 삼순의 죄상을 읽는다.

"학력, 김일성대학 졸업, 모스크바대학 졸업, 경력 김일성대학 교수, 현직은 남조선에 침투한 문화공작대장으로 맹렬한 활동을 함."

삼순은 어이없는 죄목에 기가 차서 외쳤다.

"김일성대학이 아니라 이화여대 학생이며, 모스크바에는 가본 적이 없는!"

안경을 낀 사나이가 삼순을 주저앉히더니 발길질하고 또 다른 사나이가 방망이로 등허리를 후려치며 욕지거리를 퍼부었다. 삼순은 기절을 했다. 그리고는 이튿날 새벽 돈암동 즉결처분장으로 끌려갔다.

정일권 중장이 계엄 사령관, 막내 삼촌 이호가 계엄 부사령관으로 서울에 돌아왔다는데, 그 조카인 삼순이 즉결 처분장으로 끌려가는구나. 아버지도 이렇게 어디론가 끌려갔을까? 막내 삼촌 따라 남쪽으로 갔어야 하는데, 서울에 남아 있었던 게 화근이라 생각했다. 말하자면 도강파 아닌 잔류파의 서러움, 잔류파의 운명이라는 생각이 들었다.

이런 얘기를 삼순은 석두에게 들려줬는데

"그런 상황에서 어떻게 살아남으셨어요?"

하고 묻는 석두의 질문에 삼순은

"사람 팔자 모른다고, 살아남을라니까 또 기적 같은 일이 생기더라고…."

그리고는 삼순은 입을 다물었다.

5. 九死一生 구사일생

1950년 10월 인천상륙작전이 한참일 때 최경옥은 대학 후배인 재균이와 같이 인민위원회의 지하실에 끌려 왔다. 천장에 알전구 하나만 켜져 있는 컴컴한 지하실이었다. 경옥과 재균이 끌려오기 전에 끌려온 젊은이들이 열댓 명 구석구석에 쭈그리고 앉아 있었다. 영화에서 본 장면, 2차 대전 때 유대인 끌려가는 장면이나 소련 비밀경찰에 끌려온 시민들 생각이 났다. 한밤중이지만 잠든 사람은 없었다. 모두 올빼미처럼 눈을 크게 뜨고 껌벅거리고 있었다. 불안한 시간이 흘러갔다. 새벽이 멀지 않았다고 생각되었다. 저들이 새벽이면 우리를 총살할 생각인가.

경옥은 꼼짝없이 당하게 되었다고 생각했다.

그때 음산한 고요함을 깨고 나무 계단을 뛰어 내려오는 발자국 소리가 들렸다. 경옥과 재균이를 잡으러 왔던 세 사나이가 총을 메고 나타났다. 그들은 지하실이 너무 어둡다고 생각했는지 촛불을 켰다. 촛불은 실내를 밝게 하는 데는 별로 의미가 없었다. 그러나 어두운 지하실의 벽에 그림자를 드리우면서 극적인 효과를 자아낸다고 생각되었다.

촛불을 켜놓고 우리를 총살할 생각인가, 아니면 심문을 할 생각인가. 세 사나이가 갑자기 외쳤다. 모두 일어나서 한 줄로 서라고 호령한 것이다. 경옥과 재균이는 될 수 있는 대로 뒤편에 줄을 섰다. 따발총을 든 인민군 몇 사람이 계단에 나타났다. 모두들 공포에 떨며 줄을 섰다. 세 사나이는 한 사람씩 뭔가 질문을 하고 한두 마디 대답을 듣고 계단 쪽으로 한 사람씩 밀어내면 인민군이 끌고 나갔다. 요란한 총소리와 비명 소리가 들려왔다. 경옥의 차례가 되었다.

"동무는 고려대 학생이라고 했지?"

"네. 고려대 학생입니다. 말씀드렸듯이 고려대 연극반에서 월북하신 안영일 선생님 지도를 받은 「아큐정전」 공연에도 출연했습니다. 안영일 선생님은…."

경옥은 필사적으로 자기도 모르게 월북한 연출가 안영일 선생 얘기를 했다. 총살당할 반동분자는 아니라는 걸 증명하고 싶었다.

"고대 연극반에 있었으면 최종문 동무 알아요?"

경옥은 깜짝 놀랐다. 이자가 어떻게 종문이를 알지….

"그러믄요. 최종문 동무하고는 친했어요. 고대 극회에 종문이가 입회한 것도 제가 권해서 들어왔고 같이 연극도 했습니다. 종문이 어머니께서 강원도 여성동맹위원장을 하신 것도 제가 압니다. 전쟁이 나서 연락은 끊겼지만, 종문이를 어떻게 아시나요?"

"최종문 동무는 낙동강 전선에서 용감하게 싸우다 전사를 했소."

키가 작은 그러나 리더 격인 사내가 말했다.

"네?! 아니 종문이가…."

종문이는 실제로 경옥이가 좋아하는 대학 친구였다. 대학극 경연대회 때 합창단 지휘까지 하며 음악 효과를 담당하던 훤칠한 키에 게리 쿠퍼처럼 미남이었던 종문이가 전사했다는 얘기는 경옥에게 큰 충격이었다. 경옥은 눈물을 글썽거리며 말했다.

"대학극 경연대회 때 종문이가 없었다면…."

계속해서 뭔가 얘기를 하려는데 키가 작은 사나이가 말을 끊었다.

"그만. 이 동무는 내가 보증하겠소!"

키가 작은 사나이는 경옥을 열외로 빼냈다. 경옥은 재균이의 손을 잡고 옆으로 끌어냈다.

"이 동무는 뭐지요?"

다른 사내가 물었다.

"고려대 후배로 동생 같은 친구입니다."

경옥은 재균이를 옆으로 빼내면서 그 바로 뒤에서 경옥을 쳐다보고 있던 서울대 사범대생을 "이 학생도 우리 일행입니다." 하며 열 밖으로 끌어냈다. 키가 작은 리더 격인 사나이가 고개를 끄덕이자 다른 두 사내도 이의를 달지 않았다. 줄 서 있던 다음 사람들은 다시 몇 마디씩 물어보고 계단 쪽으로 밀어내면 인민군들이 끌고 갔다. 지하실에는 총을 멘 세 사나이와 경옥, 재균, 그리고 사범대생만이 남았다. 키가 작은 사나이가 황급하게 말했다.

"동무들, 미군 놈들이 남산 능선까지 올라왔다는데 동무들은 피해서 숨어있다가 미군 놈 세 놈씩을 죽이시오. 알갔소?!"

그냥 하는 말인지, 명령인지, 말을 던지고 다급하게 계단을 올라가 밖으로 사라졌다. 지하실에는 경옥과 재균이, 그리고 사대생 세 사람만 남았다. 한참동안 조용했다. 경옥은 계단을 올라가 보니 인민군 보초병이 아무도 보이지 않았다. 어슴푸레한 새벽의 어둠 속 뒤뜰에서는 서류 뭉치들이 아직도 불타고 있었다.

재균이와 사대생도 올라왔다.

경옥이 텅 빈 인민위원회 사무실을 둘러보고 나오는 사이에 사범대 학생은 어느새 사라지고 없었다. 혼자서 먼저 튄 것이다. 경옥과 재균은 서로 쳐다봤다. 재균은 사대생이 뛰어간 방향을 가리켰다. 두 사람은 약속이나 한 듯이 반대 방향 재균이네 집 방향으로 달려갔다.

인민위원회 지하실로 끌려간 20여 명의 젊은이들 가운데 세 사람이 살아남았다. '구사일생', 경옥은 인생의 알 수 없는 인연이 세 사람을 살렸다고 생각했다. 결국 꼼짝없이 죽게 된 위기의 순간에 고대극회의 친구 최종문이 우리들 세 사람을 살렸다.

경옥은 종문이와 친구였고 뛰어난 음악적 소양이 있는 종문이를 고대극회에 가입시켰고 그러한 인연으로 경옥은 구사일생했고 재균이와 사대생은 결국 경옥과의 인연으로 구사일생했다고 볼 수 있다. 그런데 구사일생을 세 사람에게 가져다 준 최종문은 낙동강 전선에서 인민군 의용군으로 전사했다니 부조리한 인연의 윤회라고 할까, 인생유전의 연극이라는 생각을 경옥은 하지 않을 수가 없었다.

'연극이 나를 살렸어.' 하고 최경옥은 마음속으로 중얼거렸다. 구사일생한 최경옥은 군에 지원 입대해서 소대장으로 참전, 한국군 대위로 휴전을 맞이하고 제대했다.

또 다른 구사일생

텅 빈 교실에서 모두 불안에 떨고 있었다. 한 군인이 서류를 들고 나타났다. 그는 호명을 하며 서류의 죄목과 죄인을 대조하고 확인하는 것 같았다.

무죄를 주장하며 울부짖는 사람, 억울하다고 악을 쓰며 모두가 변명하느라 떠들썩하다. 이제 여기에 와서 변명이 통할 리 없다.

"시끄럽다! 떠들지 말고, 물어보는 것만 대답해."

고함 소리가 날카롭다. 삼순은 단념했다. 변명 같은 건 통하지 않는다. 억울해도 할 수 없다.

"이삼순! 거기 저 구석의 이삼순, 못 들었나?"

군인은 삼순에게 걸어왔다.

"마지막으로 할 말 있으면 해보라고."

"없어요. 죽기엔 내 나이가 아깝네요. 그것뿐이에요."

"내 나이가 아깝다. 그것뿐이라고?"

"연습 다한 연극의 막을 못 올리고 죽는 것도 아쉽고…."

"연극? 연극배우였소? 모스크바대학을 졸업했다는데…."

"언제 모스크바대학을 졸업해요. 내 나이에. 아직도 대학생, 이대생이에요. 「샤이오의 광녀」에 처음으로 마음에 드는 역을 맡았는데….”

“「샤이오의 광녀」, 들은 것 같은데.”

군인은 고개를 갸우뚱하며 샤이요의 광녀, 샤이요의 광녀라고 중얼거리며 걸어 나갔다. 서류 뭉치를 든 군인은 외근 나간 장교가 돌아와 최종 결제를 할 때까지 조용히 기다리라는 말을 남기고 나가버렸다.

해가 저물어 가고 유리창 밖이 깜깜해졌다. 서류 뭉치를 들고 들어왔던 군인이 이번에는 빈손으로 들어왔다. 그는 들어서자마자 “이삼순 나와!”라고 소리쳤다. 삼순은 내가 왜 제일 먼저지 하는 생각을 하며 가까이 갔다. 따라오라고 했다. 뒤따라갔다. 가시 철망이 쳐 있다. 철망 한곳에 쪽문이 있다. 걸려있는 자물쇠를 열고 삼순을 불렀다.

“자, 가요. 뒤돌아보지 말고 도망쳐요. 빨리요.”

“도망치라고요. 누구신데? 저를….”

“살아있으면 만날 날이 있겠지요. 자, 어서 빨리.”

그는 삼순을 쪽문 밖으로 밀어냈다. 그는 삼순을 밀어내고 다시 문을 걸고 뛰어갔다. 삼순은 정신없이 명륜동을 향해 달려갔다. 그 군인은 학도병일까, 삼순의 어느 대사가 그 군인의 마음을 움직였을까. ‘죽기에 내 나이가 아깝다’는 말? 아니면 ‘연극의 막을 못 올리고 죽는 게 아쉽다’는 말?

하여튼 최경옥과 똑같이 위기의 순간에 '구사일생'을 얻은 것이다. 다만 최경옥은 서울에서 인민군이 후퇴할 때 '구사일생'을 했다면 이삼순은 유엔군이 서울을 수복한 계엄령하에서 '구사일생'을 얻은 것이다. 전쟁의 와중에서도 연극적인 인간의 인연은 인간의 운명을 좌지우지한다는 생각을 지울 수가 없었다. 이삼순은 그 군인을 평생 다시 만날 수 없었다고 했다.

'구사일생' 6 · 25 전쟁, 3차 대전의 서막은 1950년 6월 25일 시작었되고 만 3년 1개월 하고 이틀이 지난 1953년 7월 27일 종전 아닌 휴전을 맞이했다. 그 사이 한국군과 유엔군 그리고 북한국과 중국군 사이에 엄청난 100만 명 이상의 사상자를 냈다.

전쟁의 피해는 민간인에게도 엄청났다. 허구의 이념의 포로가 된 쌍방은 무고한 민간인들을 가차 없이 처단 또는 학살했다. 전쟁의 공포가 전쟁의 광기에 불을 지른 것이다. 많은 민간인이 죽음을 맞이했다. 그러나 그 와중에서도 '구사일생'한 사람도 적지 않았고 그렇게 해서 살아남은 젊은이들이 폐허가 된 조국의 재건에 각 분야에서 커다란 역할을 한 것도 사실이다.

어떻게든 살아남아야 한다. 석두에게도 그때 그 순간에 잘못 행동을 했더라면 어떻게 되었을지 모른다는 위기의 순간이 여러 번 있었다. 비슷한 상황에 처해 있으면서 누구는 살아남고 누구는 억울하게 죽음을 맞이한 위기의 순간이 석두에게는 그지없이 안타깝게 생각되었다.

부조리한 세계, 부조리한 시대를 고발하고 외치고 싶었다. 젊은 연극인 이삼순과 최경옥도 위기의 순간을 구사일생으로 넘겼다. 연극인이었기 때문에 연극적으로 구사일생했다고 해도 과언이 아니라고 석두는 생각했다.

후기

생각으로 끝나는 생각

그러니까 20년이 넘게 걸려서 겨우 마무리한 원고를 아내에게 읽어 보라고 했다. 아내는 단숨에 읽어 보더니 "뭐 하러 이런 걸 쓰느냐" 했다. 나는 할 말이 없다. 그냥 쓴 것이다. 그러나 마음의 한구석에서 외쳤다. '그래. 세계 평화를 위해서 남기고 싶은 얘기를 썼다.' 세계 평화를 얘기하는 게 너무 거창하면 '쓸데없는 싸움질, 쓸데없는 전쟁하지 말라고! 억울하게 쓸데없는 전쟁에 희생된 친구들, 그들의 아픔과 외침 그들

의 청춘(青春)과 꿈, 그리고 좌절을 생각하면서 살아남은 자로서 뭔가 증언하고 고백하고 싶어서 썼다.'고 외치고 싶었다.

나는 2019년 다음과 같은 세계 연극의 날 메시지를 썼다.

한반도의 평화를 기원합니다. 한국전쟁은 3년을 끌어오다 마침내 1953년 7월 27일 휴전이 선언되었습니다. 그 휴전은 20세기와 21세기에 걸쳐 66년의 긴 세월 동안에 지속되고 있습니다. 휴전이란 전쟁을 의미하는가, 평화를 의미하는, 휴전이란 쉬었다가 다시 싸우자는 것이라면 전쟁에 더 가깝다고 할 수 있습니다.

전쟁의 악몽을 지워버리지 못한 66년의 세월, 우리들 연극인은 그 악몽을 지워버리기 위해 뭣을 했는가, 연극적 창조는 흔히 대립과 갈등을 주제로 하고 있지만 궁극적으로는 언제나 자유와 평화를 노래합니다.

전쟁은 인간의 광기의 산물입니다. 인간의 광기는 창조적일 수도 있지만 무서운 파괴력을 가질 수도 있습니다. 연극은 무서운 파괴적 광기로부터 인간을 해방시켜준다고 믿습니다. 그러니까 국제극예술협회가 제정한 세계 연극의 날은 세계 평화를 생각하고 기원하는 날입니다.

한반도의 평화는 세계 평화의 시작입니다. 왜냐하면 한국전쟁은 한반도를 무대로 한 국지전이 아니라 위장된 제3차 세계대전이라고 할 수 있기 때문입니다. 70년 끌어온 위장된 3차 세계대전을 한반도에서 끝내야 합니다. 한반도는 더 이상 전쟁터가 될 수 없습니다. 66년을 끌어온 휴전선 비무장 지대가 평화의 광장이 되기를 바랍니다. 평화의 광장에 시인, 음악인, 무용인, 영화인, 연극인 세계의 광대들이 모여 자유와 평화를 노래하는 난장판을 벌였으면 합니다.

세계 연극의 날은 전쟁의 광기에서 인간을 해방시켜주는 세계 평화의 날입니다. 연극인들은 자유와 인권 그리고

No.

세계 평화를 위해 무엇을 해야 하는가, 창조적 작업을 이어가야 합니다.

2019년 3월 27일

국제극예술협회(ITI) 세계본부 명예회장

김정옥

국제극예술협회(International Theatre Institute)는 2차 대전이 끝난 직후 유네스코의 권고로 조직된 유네스코 산하의 평화를 지향한 공연 예술인(연극, 무용, 음악 등)의 국제적인 조직이다. 정치와 이념의 갈등을 넘어선 국제 조직으로, 냉전시대에도 동서양을 막론하고 공산권과 자유세계 그리고 제3세계 모두가 참여해서 이념과 정치, 경제적 갈등의 해소를 위해 대회를 가졌다.

냉전이 절정일 때 소련에 한국인으로서 최초로 입국한 것은 연극인이요, 쿠바에 한국 대표단이 최초로 초청받은 것도 연극인이었다.

우리와 같은 분단국가였던 동 · 서독은 뮌헨과 동베를린에서 각기 세계 총회를 열고 서로 협력했다. 한국은 1956년에 ITI에 가입했으나 북한은 가입하지 않았다. 북한은 국제적 대화의 광장에 나오기를 꺼려했을까, 아니면 남북의 연극인이 만나는 것을 당국이 두려워했을까. 하기야 대한민국도 북한 사람만이 아니라 공산권 사람들을 만나려면 사전에 당국의 허가를 받아야 했다. 그러니 우리는 언제나 북한과 적대 관계에 있었다. 한반도에 평화를 정착시키기 위해 무엇이 문제인가?

1950년 6 · 25 전쟁이 터졌을 때 북한은 북반부 건설을 토대로 남반부를 해방하고 통일한다고 했다. 남한 또한 반공과 북진통일을 외쳤다. 북한의 김일성 수상은 무력 통일을 꿈꾸었고 남한의 이승만 대통령 또한 북진통일을 외쳤다. 남북한의 최고 지도자이자 권력자인 김일성과 이승만이 통일을 위해서는 전쟁도 불사한다고 공언하니 전쟁은 피할 수 없었고 더욱이 남북한의 군사적 균형이 지나치게 어느 한쪽에 기울었을 때 전쟁의 광기는 폭발하기 마련이다.

무력과 전쟁을 통한 통일의 꿈을 버려야 한다. 주변 국가들은 우리의 통일을 원치 않는다. 대한민국(大韓民國)과 조선(朝鮮), 체제가 다른 두 국가(國家), 한 민족이 두 국가에서 산다는 건 모순이지만 그 모순은 미국과 소련, 20세기 후반의 초강대국, 두 나라가 강요한 것이다. 그러니 수용하고 시대와 상황이 달라지는 것을 기다릴 수밖에 없다.

대한민국과 조선인민공화국, 서로 인정하고 서로 흡수통일한다고 꿈꾸지 말자. 그 꿈이 전쟁을 유발한다.

나는 어느새 미수(米壽)를 넘겼다. 나는 돌아다니기를 좋아한다. 적어도 60개국은 돌아다녔으니 꽤 많이 돌아다녔다. 그러나 북한은 간 적이 없다. 평양의 대동강도 가보고 싶고 원산의 명사십리, 금강산도 가보고 싶다. 북한의 지방 음식도 먹고 싶다. 통일된 조국으로 찾아가는 꿈은 버리고 우호적인 이웃 나라로 여행하는 것으로 만족하려 한다. 그것도 생전에 어렵다면 슬픈 일이다.

통일을 명분으로 전쟁을 일으켜서는 안 된다는 것, 그리고 군사적 균형이 깨트려져서는 안 된다는 것을 위장된 3차 대전의 한반도 국지전이 가르쳐준 교훈이라고 나는 생각했다. 20세기에 시작해서 21세기, 필요하다면 22세기까지도 기다려보자. 평화적 통일은 기적처럼 찾아오고 이루어질지도 모른다. 아내가 "뭐 하러 이런 쓸데없는 글을 쓰느냐" 했는데 나는 이런 쓸데없는 꿈을 왜 버리지 못하는가 생각을 하며 이제

절필할 때가 되었나보다 하고 생각했다.

6 · 25 즉, 위장된 3차 대전이 남긴 교훈이 있다면 그것은 한반도가 절대로 또다시 열강(미국, 중국, 소련 등)의 전쟁터가 되어서는 안 된다는 것이다. 우리는 한반도의 영원한 평화를 원한다. 그러기 위해서는 남북은 적대적 감정으로 갈등을 일으켜서는 안 된다. 남북은 영원한 평화와 중립을 선언해야 한다.

체제와 관계없이 평화적 공존 속에서 통일은 언젠가 기적적으로 찾아올 것이다. 석두는 한반도의 평화를 외치고 싶다. 연출하고 싶다.

후기를 쓴 다음

살아남은 자의 슬픔과 분노

6 · 25 동란이라고도 하고 한국전쟁이라고도 했다. 냉전이라고도 하고 국지전이라고도 한 한반도를 전쟁터로 한 전쟁을 석두는 '위장된 3차 대전'이라고 생각했다. 한국전쟁은 처음부터 의문투성이의 위장된 미스터리를 품고 있었다.

첫째 의문은 왜 마샬이나 애치슨은 한반도가 방위선에서 제외되었다는 이른바 '마샬 라인' 같은 것을 발표했는가. 상식적으로 생각할 때 내용적으로는 한반도가 방위선에 들어 있지 않더라도 자유 진영의 한국을 절대 지키겠다고 외쳐야 하지 않았는가?

둘째 의문은 한국전이 일어나기 한 달 전에 한국을 방문한 덜레스 미국 특사는 그가 정보통임에도 왜 "38선에 이상 없다." 고 했는가. 마치 2차 대전 전 『서부전선에 이상 없다』는 소설 제목 같은 이야기를 하고 떠났는가?

셋째 의문은 이승만 정부는 정말로 북한이 쳐내려오지 않으리라고 생각했는가? 한국전쟁이 일어나기 불과 한 달 전에 치러진 5월의 국회의원 선거에서 국회의원으로 당선된 조소앙이 북한의 남침을 강력히 경고했다. 그는 북한 전역이 병영(兵營)화되고 38선에 전군이 배치되어 남침을 준비하고 있으니 거기에 대비해야 한다고 외쳤다. 김종필 같은 당시 하급 정보 장교가 북한의 남침을 경고하는 보고를 상부에 올렸는데도 거기에 대비하지 않은 것도 알 수 없는 일이다.

시중에는 북한이 전면전을 걸어오면 반격해서 점심은 해주(海州)에서 먹고 저녁은 평양 가서 먹는다는 허황된 이야기만 난무했다. 나(석두) 같은 19세의 문학청년도 민전(民戰)의 노래, 이른바 민주주의 민족전선(民主主義 民族戰線)의 북한 방송을 들으며 북한의 머지않은 남침을 걱정하고 남침을 당하면 어떻게 해서 살아남을 것인가를 걱정했는데 대한민국은 정말로 위급한 북한의 남침을 몰랐단 말인가, 의문이 아닐 수 없다.

넷째 김일성은 왜 6월 25일에 성급하게 전쟁을 일으켰는가, 내(석두)가 김일성이었다면 이른바 반이승만 라인인 진보세력이 압승한 5월 국회의원 선거 직후라 할 수 있는 6월에 전면 전쟁을 일으키지 않았을 것이다. 왜냐하면 싸우지 않고도 좌파 성향, 아니면 적어도 반공이 아닌 중도 세력의 정부가 남한에 수립되었을 것이고, 그렇게 되면 평화적 통일 정부의 수립 내지는 연방 정부의 수립이 논의되고 가능했을지도 모른다. 어떻든 이른바 남반부에 대한 총 공격을 할 시점이 아니었다는 것은 분명하다.

다섯째 왜 스탈린이 이끄는 소련 정부는 미군과 유엔군의 참전을 막으려 하지 않았는가? 소련의 유엔 대사 비신스키는 당시 '비토' 이른바 거부권 행사로 유명했다. 6 · 25가 일어난 당시 소련은 뭔가에 불만스러워서 비신스키가 유엔을 보이콧한 시기였다. 그러나 소련이 군수물자나 무기, 군사적 뒷받침을 한 6 · 25 남침 전면전을 감행하려면 소련은 마땅히 유엔에 복귀해서 북한의 남침을 옹호하고 유엔군의 참전을 그 유명한 비신스키의 '비토'로 막았어야 했다.

이렇게 생각을 할 때 6 · 25 한반도에서의 전쟁은 의문투성이다. 미국과 소련, 열강들이 음모를 꾸며서 한국에서 한판 벌린 게 아닌가 이런 의문을 갖게 한다.

이런 의문에 나 나름대로 해답을 연극적으로 찾아보려는, 연극적으로 분석해보려는 생각에서 이 책을 구상하게 된 것이다. 처음부터 내가 쓰려고 마음먹은 이 책은 무엇이 될지 의문이었다. 의문스러운 책을 쓰기 시작한 것이다. 스탈린과 트루먼, 김일성과 이승만, 모택동과 주은래, 맥아더와 아이젠하워, 댈러스 등 20세기 후반부의 이른바 거물들을 등장인물로 한 연극을 통해 그들의 음모와 술책을 고발하고, 그들의 세기의 음모와 전쟁 하에서 억울하게 소모품으로 죽어간 친구들의 영혼을 달래기 위해 한판의 씻김굿을 벌리고 싶은 심정에서 이 글을 쓰기 시작했다. 그러니까 이 글 또는 이 책은 무엇이 될지 처음부터 알 수 없었다. 회고록이 될 수도 있고, 서사적 연극이 될 수도 있고, 한편의 사소설(私小說)적 소설이 될 수도 있고 또는 야사(野史)가 될 수도 있고, 아무것도 아닐 수도 있고, 그래서 혼란스럽고 산만하고….

사실은 어느 정도 정리가 되었다고 생각해서 나(석두)의 원고를 연세대 김철 교수와 그의 부인 설호정(전 『뿌리 깊은 나무』의 편집장)에게 처음으로 보였다. 두 분의 의견이 비슷했다.

"너무 여러 가지를 한꺼번에 이야기하려 하니 좀 산만해지는 감이 있다."

"석두 즉 내 자신의 동란기의 체험담은 너무 재미있으니 그 부분만 떼어서 좀 보충하고 집약해서 책을 내면 좋겠다."

"석두라는 익명을 쓰지 말고 솔직히 '나'로 쓰는 게 좋겠다."

그리고 세부적인 지적도 해주었다. 나는 두 분의 의견에 공감한 점이 많았다. 많은 참고가 되었다고 생각했다. 그러나 김철 교수의 의견엔 전적으로 따른다면 나의 원래의 의도에서는 너무 빗나간다고 생각했다.

내가 이 글을 쓴 의도는 김철 교수가 지적해준 브레히트의 시(詩) 「살아남은 자의 슬픔」도 있지만 동시에 '살아남은 자의 분노'를 털어놓고 먼저 '떠나간 자'의 영혼을 달래주는 씻김굿 같은 대본(臺本)을 쓰고 싶었던 것이다.

단순한 회고록은 쓰고 싶지 않았다. 내가 스탈린이나 김일성, 맥아더 같은 역사적 인물이면 회고록을 쓸 의미가 있겠지만 일개 연출가, 역사에 남을 인물이라고 할 수 없는, 그런 행적을 남기지 못한 한국의 연극 연출가가 회고록을 써서 무슨 의미가 있겠는가?

처음부터 '나'를 등장시키지 않고 중학교 시절의 문학동인 '구맥회(九麥會)' 때 쓰던 나의 호 '석두(夕杜)'를 등장시킨 것은 '나'라는 주관적 인물의 회고록이 아닌 '석두'라는 객관적 인물을 등장시켜 '나' 자신을 객관적으로 바라보려는 의도가 없지 않았다. '구맥회'는 1940년 후반 그러니까 광주서중 5학년의 문학소년 다섯 명과 전남여중 4학년의 문학소녀

네 명이 모여서 당시의 문단의 거장들의 산실인 '구인회(九人會)'를 본따서 '구맥회'라고 이름 지었다.

우리는 보리처럼 가난한 자들의 정신적 양식이 되자고 '구맥회(九麥會)'라는 모임의 이름을 정했고 모두 호(號)를 정했다. 그때 나의 호가 석두고, 6 · 25 때 폐병으로 죽은 박내진(朴來珍)이 '걸탄(乞灘)', 빨치산으로 입산에서 세상을 떠난 정아무개가 '서홍(瑞紅)', 시골 면장이 된 김호종(金鎬鐘)이 '소민(素民)', 문화방송의 간부를 했던 문숙영(文淑永)의 호는 '정호(靜湖)', 양옥주(梁玉株)는 '록미(綠美)', 훗날 소설을 쓴 최은례(崔銀禮)의 호는 뭐였더라 생각이 나지 않는다. 하여튼 중학교 5~6학년(지금의 고교 2~3학년)의 소년, 소녀가 모여서 마치 시인이나 소설가가 다 된 것처럼 건방을 떨었으니 가관이다.

우리가 나타나면 친구들이 "야, 문호클럽이 온다."고 비꼬고 놀리기도 했다. 그래서 따돌림을 받기도 했다. 이제 생각하면 어지간히 건방을 떨고 다녔다. 그때의 '석두'가 '나'다. 그때의 '나'는 광주서중 6학년인 동시에 서울의 중앙대학교 1학년인 '석두'다. 나는 지금의 '나'로 도출되고 싶지 않다. '석두'라는 호를 가진 문학소년으로 등장하려 한다. 그러니까 이 '석두'는 '나'다. 그러나 100프로 지금의 '나'는 아니다. 잘해야 90프로, 10프로는 나 아닌 '석두'다. 그는 '나'의 위장된 모습일지도 모른다. 100프로 진실된 이야기를 아무도 기대하지 않겠지만 미리 일러두는 게 마음이 편하다.

그래서 김철 교수의 "석두를 버리고 나"로 등장하라는 의견을 받아들이면서도 그대로 받아들이지 못하고 '석두'는 '나'의 변신이라고 얼버무릴까 한다. 또한 '나'의 얘기 또는 고백적(告白的) 성격의 내용에 통일된 압축성을 주면 독자가 훨씬 재미있게 공감할 것이라는 의견에 공감하면서도 전적으로 받아들이지 못하는 것은 '살아남은 자의 슬픔'도 크지만 '살아남은 자의 분노'도 그에 못지않게 크기 때문이다. 나는 20세기 후반을 주도한 역사적 인물들에 대해서 반감과 분노를 지우지 못한다. "우리를 뭘로 보느냐!"고 대들고 따지고 싶다.

그러나 그들도 이미 이 세상을 떠나고 없다. "한국전쟁을 연구하는 역사학자도 아닌데 그들의 얘기는 빼도 좋지 않으냐"는 의견도 역시 그대로 받아들일 수 없다. 나는 그들의 역사적 행적을 학문적으로 연구하고 접근하는 것이 아니라 그들을 연극적 드라마의 주인공으로 등장시켜보고 그들을 고발하고 싶었던 것이다.

또한 역사란 정사(正史)라 할까 학문적 접근도 중요하지만 때로는 야사(野史)적 접근이 보다 진실에 가까울 수도 있다는 역설적 주장을 하고 싶었다. 그러나 장르가 혼합되어 산만하고 지루해진다면 안 된다고 생각해서 김철 교수의 의견을 될 수 있는 대로 받아들여 통일된 장르에 집약해서 정리 해보기로 했다.

결국 나는 평생 연극인이니까 연극적으로 접근할 수밖에 없었다는 것을 나의 변명으로 삼고 두 분께 깊이 감사드린다.

2020년 5월 30일

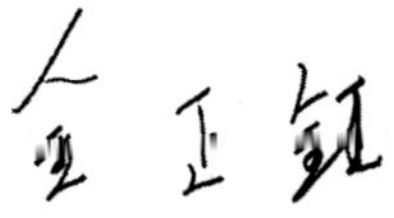